小说 工作细胞 2

〔日〕时海结以 著

〔日〕清水茜 原作／绘

王盈盈 译

人民文学出版社
PEOPLE'S LITERATURE PUBLISHING HOUSE

著作权合同登记号　图字 01-2021-7374

图书在版编目(CIP)数据

工作细胞. 2/(日)时海结以著;(日)清水茜原作、绘;王盈盈译. —北京:人民文学出版社,2022
ISBN 978-7-02-016028-0

Ⅰ. ①工…　Ⅱ. ①时…②清…③王…　Ⅲ. ①长篇小说-日本-现代　Ⅳ. ①I313.45

中国版本图书馆 CIP 数据核字(2022)第 029753 号

责任编辑　**卜艳冰　郁梦非**
装帧设计　**钱　珺**

出版发行　**人民文学出版社**
社　　址　**北京市朝内大街 166 号**
邮　　编　**100705**

印　　刷　**凸版艺彩(东莞)印刷有限公司**
经　　销　**全国新华书店等**

字　　数　**89 千字**
开　　本　**787 毫米×1092 毫米　1/32**
印　　张　**6.75**
版　　次　**2022 年 3 月北京第 1 版**
印　　次　**2022 年 3 月第 1 次印刷**

书　　号　**978-7-02-016028-0**
定　　价　**35.00 元**

红细胞
因富含血红蛋白而呈红色，负责通过血液循环运输体内的氧气及二氧化碳。
白血球
白血球
负责捕杀细菌、病毒等侵入体内的外来物质。
血小板
血小板
聚集在血管的损伤部位，堵塞血管破裂口以达到止血愈合的效果。
KILL
杀伤性T细胞
听从辅助性T细胞的命令出动，识别并绞杀被病毒感染的细胞等。

嗜酸性粒细胞
一种白细胞，主要作用为预防过敏、寄生虫感染等症状。
NK细胞
在身体各处巡逻，一旦发现癌细胞、被病毒感染的细胞就会进行攻击。
乳酸菌
帮助维持人体健康的有益细菌，种类繁多，各有特点。
普通细胞
细胞世界的普通公民，从事细胞复制和分裂工作。

目录

0

这里是人体内的世界

- 关于工作细胞们 -

这是“某个人”的身体内部。

有许多名叫细胞的小家伙住在这里。细胞的个头都很小，却很有用。为保证人能够正常健康地生活，他们肩负起自己的使命，日复一日、不眠不休地工作。

为了让大家能够更好地理解细胞们生活的世界，请允许我用人类社会来打比方。假设这是一座城市，那么数量众多的普通细胞就生活在类似小区、公寓的建筑物里，其他特殊细胞则在工厂里担任专门的工作，生产特定的物质。

城市里遍布着名为血管的道路，细胞们就在这些道路上永不停歇地穿梭。

此刻，一个少女站在道路正中间，下了一个决心。

她留着红色的短发，穿着红色的夹克，戴着红色的帽子，下身穿一条短裤，换算成人类的年纪，应该是个正在上高中的女生。此时，她正推着一辆小车，小车上放着一个标有“二氧化碳”字样的箱子。

（将二氧化碳运输送至人体肺部，再把转换得到的氧气输送给身体各处的细胞并回收二氧化碳，这就是我的工作！）

少女是刚接手这项工作的红细胞，名字嘛，并没有……不过她的红帽子上有个徽章，标有编号“AE3803”，那么我们就叫她 3803 吧。

（别人老说我傻乎乎，不认路，不管什么时候都不着调，净给人添麻烦。不，绝对不能再依赖别人了！）

她的方向感不好，一次又一次，工作时都不知道迷过几次路了，每次都是红细胞前辈或白细胞来帮她。

“哼，我一定可以不迷路地环游‘世界’给大家看！”

3803 从夹克兜里掏出记事本，上面记载了今天的工作内容和要求。接着，她又从短裤兜里掏出一张地图。

“我现在位于肝脏附近，前方是‘下腔静脉’大道，那么我只要沿着下腔静脉先到达心脏，再去肺部上交二氧化碳，接下来拿着新制的氧气回到这里就可以了！”

她一边推着小车往前走，一边核对地图路线。这时，一阵咚咚咚的脚步声快速逼近。

“都给我让开！快让开！”

“咦？”

3803 刚抬起头，就看到一头浑身长满尖刺的细菌怪兽气势汹汹地冲到了自己眼前。

“谁敢挡道，我用尖刺刺死你！”

“呀啊啊啊啊啊啊——”

3803 忍不住尖叫，双腿一软跌坐在了地上。

（明明才下定决心要努力的……啊，要死了……我要被刺死了。）

她绝望地闭上眼睛，只听到肉刺被咔嚓砍断的声响以及细菌尖厉的惨叫声。

“怎么会……你不是出外勤了吗？！”

“去死吧，杂菌！”

洪亮正义的声音响彻整条街道。

咔嚓，怪兽的又一根肉刺被砍断了。紧接着，咚的一声，怪兽倒在路面上。

3803 战战兢兢地睁开了双眼。

“你没事吧？”

只见一个年轻人向 3803 伸出手，竟是熟人。

他全身上下都包裹在白色的战斗服中，戴着白色的帽子，头发和皮肤也是雪白的，刘海几乎将右眼全部挡住了，帽子上写着“白细胞”三个字，帽子的徽章上则标着“1146”的编号。

“白细胞君！”

原来是经常帮助 3803 的白细胞 1146。

人体中的白细胞也分很多种类，1146 是其中的中性粒细胞，主要工作是在体内世界不停地巡逻，将入侵的细菌怪兽、被病毒感染的僵尸等全部消灭掉。他的左右大腿及腰部分别绑着一个固定器，里面收着他的武器——战斗用大刀。大刀名为“酵素”。

怎么会……
你不是出外勤了吗?!
(唰)
啪唧——
去死吧，杂菌！

“对不起，对不起，我我我我没事，给你添麻烦了。”

看着突然登场的白细胞，3803 想都没想，下意识地就道歉了。毕竟，她在上一分钟刚下定决心要靠自己，结果转眼就被白细胞救了，真是太难为情了。

“那那那么，我先走了！”

3803 慌忙站起来，只想马上走人。

看着落荒而逃的 3803，1146 不由得歪了歪脑袋：怎么回事？

3803 推着她的小车，才起步就撞上了其他细胞，甚至匆忙中冲上了单行道，逆着人流跑起来。

这怎么看都危险，1146 实在不放心，便从裤兜里拿出便携式通讯器和战友联络。

“我是 1146，我是 1146，接下来开始全身巡逻。”

他的计划是，在进行全身巡逻时，顺便保护好 3803。

3803在心脏和肺部绕了一圈，终于成功地拿到了装着氧气的箱子，便在大动脉大道上快速地跑了起来。这片区域就是这样，所有人都行色匆匆。

1146一直悄悄跟在3803身后，突然被几个十分可爱的声音叫住了。

“白细胞哥哥，快来帮帮我。”

“我老是贴不好呢！”

“手太短了，够不着。”

叫住白细胞的是几个小女孩，用人类来打比方的话，也就刚上小学一二年级吧。

她们都穿着淡蓝色的连衣裙，肩上斜挎着一个书包，戴的帽子上写有“血小板”三个字。她们的工作是修补墙壁、道路的破损之处。

1146看到叫住自己的那几个小女孩正在把告示和地图往街角的告示栏上贴。告示上写着道路因施工禁止通行的消息，地图上则标注了替代的路线。

他停下脚步，帮血小板们把告示和地图贴好，抬头一看，却发现自己失去了3803的踪迹。1146

正打算追，叮咚——，叮咚——，从帽子上传来一阵慢悠悠的警报声。

（受体起反应了！）

受体是通知白细胞附近有敌人出没的一种装置。在警报声响起的同时，一个画着圆圈的圆片会像天线似的，从他帽子后部啪的一下弹起来。

1146迅速扫视四周，盯住了不远处一条小道的路口。那条小道正是3803刚刚跑进去的。

（是那里吗？）

他穿过墙壁上只有白细胞才能通过的一扇门，抄近路悄悄靠近那条小道。这是一部分白细胞的特技，叫“游走”。

1146靠近后轻轻打开一道门缝，细细观察，果然发现了两只肺炎球菌怪兽蠢蠢欲动。它们的身体泛蓝，头上和腰上探出数根触手，正高高低低地不断蠕动。

这些怪模怪样、令人恶心的家伙，目标正是红细胞，它们打算将红细胞用毒液溶解后做成饲料食用。

“哟呵呵呵，肥鸭要来喽！”

“目标就是那个傻子红细胞。”

“我们埋伏在这个角上，等她靠近后一起上，把她揍得爹娘都认不出来！”

1146 闻言，一个飞身高高跳起，稳稳地落在两只肺炎球菌眼前。肺炎球菌吓了一大跳，呆愣在原地，1146 趁机亮出了雪白锋利的刀身。

唰唰，两只肺炎球菌都被劈成了两半，倒在地上再也动不了了。1146 甚至都没给它们惨叫的机会。他把两个坏家伙的尸体拖到胡同口藏了起来，静静躲在角落里，目送什么都没有察觉到的 3803 走过去。

3803 终于来到目的地附近。道路越来越窄，每过一个路口，路都会变得更细。她走进一条名为“毛细血管”的小路。小路藏在两个紧挨着的建筑物之间，需要费很大力气才能通过。而两边的建筑物里面，就住着普通细胞们。

要问路有多窄？就算挤进去了，脸和身体也会变形的那种。真是搞不懂，为什么要在如此狭窄的地方，设置配送专用大门呢？

不过，即使变形也能从很窄的地方穿过去，这是红细胞的特技。

（唔……唔……窄、好窄啊，好难受……就、就差一点……点、点……）

3803把氧气箱顶在脑袋上，费了九牛二虎之力终于挤了过去，按下门铃。

“您好，我来送氧气啦。”

门开了，从里面探出一个年轻人的脸。他是普通细胞。

“啊，您好啊。这么窄的路，您还过来，真是太感谢了。路上遭罪了吧？”

“没事没事，工作嘛！”

3803让年轻人在收据上签字按印，再取过他的二氧化碳箱，重新朝着狭窄的道路前进。好不容易，才终于回到稍微宽阔的道路上。

“呼……挤死我了。”

接下来，只要沿着这条路笔直走，就可以到达来时的下腔静脉大道上。

“成功啦！这次我终于没有迷路，自己走了一圈！”

3803 忍不住高高举起双手，大声欢呼起来。

1146 站在附近建筑物的屋顶上，默默注视着 3803 从窄道上挤出来并欢呼的场景。他的心终于放下了，胸口有些发烫。

（做得很好呢，红细胞。）

“嗨！”

突然从身后传来一个声音，1146 转过头去，看到一个穿着黑色战斗服、戴着黑色帽子的男人。男人身材高大，看上去很会打架。他的帽子上写着“KILL”字样。

“哦，是杀手 T 啊。你怎么在这里？”

“我怎么着，都不关你的事吧！”

男人粗鲁地回答道。这个一身黑的男人正是白细胞的熟人，杀伤性 T 细胞。

杀伤性 T 细胞是一种淋巴细胞，隶属于军

成功啦！
这次我终于没有迷路，自己走了一圈！
太好了！
太好了！
哇——
……
嗨！

队。他与1146是战友，但1146是中性粒细胞，平时在人体内不断巡逻，遇见敌人时根据自己的判断进行战斗，杀伤性T细胞则是收到指令才会出动。

白细胞和淋巴细胞这些战斗细胞又被称为免疫细胞。

杀伤性T细胞站在1146身边，将视线投向3803。

“这家伙终于可以不用你指路，独立办公了啊……真是蠢得可以！”

“你不要这样说。就算是你我，肯定也有几件不擅长的事情。只不过，3803正好不擅长‘不迷路’而已。”

杀伤性T细胞绷着个脸，没有搭话。1146也不在意，继续说了下去。

“而且就算那样，3803也在以自己的方式努力克服这个毛病。即使过程中还是需要别人指路，经常走错路，她也从未放弃过。

“以前我没有注意，今天才发现，红细胞的工作其实也很难。她得拖着很重的行李，在‘体内’这一广阔的世界中逡巡，想想就知道有多难。可是，她不但每天都在做如此困难的工作，还试图改变自己，这多了不起啊。我认为她很棒。”

1146 说着这些，不知为什么心里也跟着高兴起来。

“我说杀手 T，普通细胞啊红细胞，他们总是害怕我们这些免疫细胞，但如果双方能互相理解，愉快合作，共同维护人体健康，那该多好啊。你也是这么想吧？”

“白痴！！”

杀伤性 T 细胞突然大喊一声，一拳打在 1146 的脸上。1146 猝不及防，直接摔了个屁股蹲。

“说什么天真话呢！我不开口，你就吧啦吧啦说个没完！听好了，如果有必要，就算是我们自己人，也绝不能手软，就地斩杀！这是我们免疫细胞的使命！

“什么愉快合作，什么成为好朋友和红细胞喝下午茶，这种没脸的事，你想都不要想！别忘了，我们可是杀手！！”

1146单手捂着火辣辣的脸颊，看见杀伤性T细胞吼完自己想说的话就怒气冲冲地离开了。他一个人留在原地，心里惊愕极了，却并不认为自己的想法有什么问题。

算了，别人怎么想是他的自由，没必要非得求同。他这样想着，站起身来也离开了此处。

3803回到大道上，与路过的红细胞前辈聊了会儿天，转头看见1146，马上冲了过去。

“嘿，白细胞君！我跟你说哦，这次我自己一个人搞定了全部工作——咦，你怎么了？脸颊又红又肿，看着好疼啊……”

“呃，没、没什么，就是被杀手……不，被细菌……”

“被细菌？！”

3803一下子蔫了。

“白细胞君每天都要和坏人搏斗，就算受这么重的伤，也从来不炫耀。而我呢，刚刚独立完成一项工作，就恨不得所有人都知道……”

1146轻轻地笑了起来。

“不要管我的伤了。倒是你，你说你自己一个人搞定了全部的工作？”

“是、是的。”

“能跟我仔细讲一讲你们红细胞的工作吗？”

3803的脸上瞬间绽放出光彩。

“好啊！”

3803和1146并排坐在街角的长椅上，愉快地交谈着，并不知道杀伤性T细胞正从远处狠狠地盯住自己。

在杀伤性T细胞身边，站着一个穿蓝色战斗服、戴着蓝色帽子的青年。他是B细胞，正欢快地同一个普通细胞谈话。B细胞的武器，名为抗体。每种抗体的形状不尽相同，他手上这个是机关枪形。

“我把这个抗体改良了，轻了很多，很轻很轻哦。但是，射出的威力是此前的1.5倍，厉害吧！”

B 细胞也是淋巴细胞战士，持抗体武器独立作战。武器的样式有很多，有的是激光枪形，有的是能喷出液体来击倒敌人的喷壶形。总之，每一种样式都是根据敌人的特征特别打造的。

“哇呜，快给我看看！”

“好啊好啊。”

听着身边一团和气的对话，杀伤性 T 细胞默默地转过头去，嘴里小声嘀咕着。

“哼，我才不羡慕呢，一点儿都不羡慕！”

1

打喷嚏、流鼻涕、鼻塞

- 感冒（感冒综合征）-

战斗细胞们憨笑着，与其他种类的细胞愉快地相处着。

看着这个场景，杀伤性T细胞心头火起，怎么都坐不住，干脆回了办公地。他的办公地正是军队的驻扎区。这里禁止无关人员进出。

（哼，一个个的太松懈了！这种时候，万一敌人入侵了怎么办？绝对会被先发制人的！真是看不下去。）

杀伤性T细胞不仅与白细胞中的中性粒细胞1146是熟人，还是战斗部队突击班的班长。他立刻召集所有部下，开始训练。

训练场上有一块很大的操场，设置了诸多瓦砾堆积而成的掩体，另外还有模拟城市里大小胡同的迷宫装置。

此刻，B细胞也回到了训练场上。他站在一个角落里，端着刚才向普通细胞显摆的抗体枪，正在进行射击训练。

（咦，那家伙原来也要训练的吗？切！）

杀伤性 T 细胞瞥见 B 细胞后，不屑地咂咂嘴，转过身大声地训起部下来：

“你们给我听好喽，马上就是流感大爆发的季节！”

“是，长官！”

“特别是咽喉部位，很容易被感冒病毒盯上！一旦发现被病毒感染的僵尸细胞，即刻上报，得到指令后就地斩杀！”

“是，长官！”

咻——，砰！

B 细胞的抗体子弹击中了僵尸形状的靶子，发出响亮的声音，然后四散开来。

“哼，你们，给我跑十圈去！”

“是，长官！”

紧邻训练场的是普通细胞们生活的一个小区，这里整齐地耸立着数十栋高楼。

“感冒预防训练，现在开始——！”

“是，长官！”

咻——，砰！

训练场上不断传来战士们高亢的声音，以及抗体子弹命中靶子的声响。这些喧嚣清晰地传到正面对着训练场的一间楼房里，只见里面的普通细胞少年忍不住用手堵住了耳朵。

“啊，真是受不了！一天天的，吵死了！为什么我一定要住在这个破地方啊……”

普通细胞是没有名字的，甚至连编号都没有。可是，总是“普通细胞普通细胞”地讲起来实在不便，在此就假设他叫“赛尔”吧。

在人体世界中，不同工种的细胞穿着不同的制服、戴着不同的帽子，一看就能知晓对方是做什么的。普通细胞不戴帽子，穿着印有“细胞”字样的白色 T 恤和牛仔裤。

普通细胞赛尔听到杀伤性 T 细胞的洪亮声音后嘟囔道：“切，说什么要把我们普通细胞就地斩杀，这些家伙，简直太坏了……杀手，一个个都是双眼通红的杀人狂！不过是工作和我们的稍微不同而已，有什么好骄傲的！”

只是，不管赛尔如何吐槽，结果也不会有任何改变。

“唉——”

他长叹一口气，决定不去想了，随手把正在看的辅导书《细胞的病—— 病毒性危害》扔在一边。

赛尔还是一个年轻的普通细胞，前几天刚独立。

“学习我又学不懂，还好无聊……要不，就先工作一会儿吧！”

他打量了一圈自己的小窝。小窝正中间放着一个名为“细胞核”的大罐子，这是普通细胞工作用的装备。

罐子里存着满满的液体，一个长得和赛尔一模一样的少年正蜷着身体，抱住膝盖，脸上戴着呼吸用的面罩，嘴上连着输送营养成分的管子，在液体中起起伏伏。他是赛尔的孩子，是赛尔把他从一个小小的婴儿养到现在这般大小——说是这么说，其实细胞核罐子能够自动作业，赛尔要做的不过是实时监管。

生产出与自己一模一样的新的普通细胞，即复制细胞，就是赛尔的工作。这个工作名叫“细胞分裂”。

“和那些免疫科的家伙比起来，我们只是不断生产新细胞，真的很无聊啊。”

不久后，新复制出的细胞会从细胞核罐中出来，与赛尔一起在房间里住一段时间，之后独立出去建造起属于自己的房子，开启独居生活。

复制细胞以后要用的行李已经准备好了，赛尔把它们打包完毕，用指定的绳子捆好。之所以用指定的绳子，是为了与他自己的行李区分开来，避免混淆。

“复制细胞已经发育得很充足，很快就会出来了。在他能够独自生活之前，我要和他住在一起，教给他相应的知识……这一过程不断重复，直到生命终结，这就是我的一辈子。”

赛尔把行李扔到一边，啪的一声瘫在了地板上。

“真是干不下去啊，就没有什么好玩的事吗？”

这时，窗外突然传来嘻嘻嘻的一阵窃笑声。赛尔从未听过这个声音，但对方似乎很愉快。他打开窗户，从阳台往下看。他所在的房间位于公寓二楼。

小区与训练场用一道栅栏隔开，他看到有个人正蹲靠在栅栏上。对方戴着一顶淡蓝色的帽子，帽子上绘着黄色的星星，是一个普通细胞青年。

青年抬起头，脸色不太好看，但是洋溢着笑容。

“嘻嘻。”

戴星星帽子的普通细胞一边笑，一边向赛尔招手。

（哇，他的帽子好时尚啊……）

青年锲而不舍地招呼赛尔下去，赛尔犹豫了一会儿，从楼梯走了下去。他走到公寓外，钻过栅栏的一个豁口，停在星星帽子身边。

星星帽子弯下腰，蹑手蹑脚地靠近训练场上的一栋建筑，接着悄悄地蹲在了窗下。赛尔见状，也跟了过来蹲在旁边。

“你在干什么啊？”

星星帽子竖起一根食指抵在唇边，示意他不要说话，又跪直起身子偷偷往窗子里瞧。赛尔有样学样，也往里看。

（啊，是刚才那些很吵的家伙！）

原来这里是杀伤性 T 细胞们的休息室。

“好了，今天的训练，到此结束！”

“是，长官！”

随着这段对话，杀伤性 T 细胞们纷纷放松下来，或是坐在椅子上翻看杂志，或是坐在沙发上聊天。

之前大声下达指令的杀伤性 T 细胞班长，也拿起自己的杯子泡了一杯速溶咖啡开始喝。

这时，一个部下跑过去说：“班长，你看！桌子上放着这个东西。”

随着部下手指的方向看过去，一个扎着蝴蝶结的箱子映入眼帘。箱子上贴了一张纸条，写着“一直以来，非常感谢你们的关照”。

“礼物……竟然是礼物?！”

杀伤性T细胞班长迟疑了，他的部下察觉到这一点。

“里面可能有危险的东西，让我们来打——”

“闭……闭嘴！当然是我来！！”

班长一把抢过箱子。

“我、我怎么可能把你们置于险境中！当然是我来打开。”

杀伤性T细胞的心脏扑通扑通地跳，激动地解开了蝴蝶结。

（呵呵呵，原来是普通细胞送给我的礼物。虽、虽然说我并不需要，但是人家一片好心，怎么能辜负呢。）

接着，他揭开了盖子。

咚！砰砰砰砰砰砰——！

一个连着弹簧发条的拳击手套弹了出来，狠狠打在杀伤性T细胞的脸上。杀伤性T细胞猝不及防，摔倒在地上，脊背被砸得生疼。

这不是礼物，而是一个整蛊小玩意。

此时，从窗外传来一阵大笑声。

“嘻哈哈哈哈哈哈哈——”

“噗哇哇哇哇哇哇哇——”

杀伤性 T 细胞从地上弹起来，冲过去查看，却发现有两个年轻的普通细胞正躲在窗外。他们看上去很高兴，甚至都笑出了眼泪。

“……你们这些家伙！”

看来就是这两个人的杰作了。普通细胞察觉到杀伤性 T 细胞凶狠的眼神，情知不好，立马转身开始全速跑起来。

“给我站住！你们这些愚蠢的细胞！”

“糟了，快逃！”

“嘻嘻嘻嘻嘻！”

杀伤性 T 细胞带着部下们气势汹汹地追着两个人，却在狭窄的胡同口失去了对方的踪迹。

“气、气死我了，跑得这么快！一旦上面下了命令，我第一时间揍死你们！给我记住了，小混蛋们！”

赛尔和星星帽子一起躲在胡同口一堆空箱的缝隙中，调整着呼吸。

“呼、呼、呼……好吓人啊。”

不过，也很好玩呢，给那些烦人的家伙一点颜色看看，赛尔觉得心里痛快极了。

他问星星帽子：“那个整蛊箱子，是你自己做的吗？你特地做的？”

“嘻嘻。”

星星帽子只是嘻嘻地笑着。

“老是嘻嘻，你除了嘻嘻，不会说别的话吗？不过，很有意思呢你！”

“嘻嘻，嘻嘻嘻。”

星星帽子站起来，又招招手示意赛尔跟上，率先迈出步去。

“欸？还要去哪儿？好吧，那就一起去玩吧！”

赛尔开心地跟了上去。

两个人刚来到胡同口，就看见一个穿着白色战斗服、戴着白色帽子的白细胞在巡逻。他的帽子上写着 1146 的编号，是一个中性粒细胞。

星星帽子一看见对方，唰的一声立刻躲在了靠墙的角落里，赛尔见状也跟着藏了起来。

叮咚——

受体响起警报声，白帽子上的圆形感应器立刻竖了起来。

1146 迅即转身，以锐利的视线扫视着四周。

“好奇怪，没有人啊，但是受体确实有反应……”

他一边自言自语，一边紧紧盯着周围，眼神锐利。

躲在墙角的赛尔不由得发起抖来。

（是白细胞……好可怕。他好像在找什么，不、不会是在找我们吧？）

“嘻嘻。”

星星帽子还是一脸灿烂的笑容，向赛尔示意。

（你是说，让我在这儿看着？）

赛尔按他的指示老老实实地待着，星星帽子则从墙角悄悄出来，迅速向 1146 的背后靠近。

叮咚——

受体又有反应了。

在 1146 转身前，星星帽子以迅雷不及掩耳之势躲了起来，白细胞帽子上的圆形感应器又缩了回去。

1146 疑惑地歪了歪脑袋，又转向前方。这时，星星帽子再次跳了出来。

叮咚——

星星帽子见状，再次迅捷地躲了起来。

“敌人到底在哪儿？”

1146 焦急起来。圆形感应器缩了回去。

星星帽子故技重施，又听见叮咚一声。

就这样，星星帽子捉弄了白细胞五六回。

1146 着急忙慌的样子实在好笑，赛尔终于忍不住笑出了声音，而一旦笑起来，就再也停不下来，最后他捧着自己的肚子，在墙角打起滚来。

“喂，那边的细胞！”

突然被人叫住，赛尔吓了一跳，忍不住发起抖来。

すすす
叮咚♪
嘻嘻
摇摇摆摆
（唰啦）
す
（妖娆）くね
くね
叮咚♪
嘻嘻
摇摇摆摆
?!!
すたっ
（唰啦）
怎……
?
叮咚♪
嘻嘻
?!
?!

（难道被发现了？！　）

1146 表情严肃地看了过来。

“附近似乎有敌人出没，很危险，你暂时就跟在我身边不要离开。”

（呃，那、那可不妙啊。）

赛尔心下发慌，撒开腿就跑了起来。

星星帽子不知道从哪里跑出来，跟了过去。

“哇哈哈哈，好好玩啊！让我们再去恶作剧吧！”

“嘻嘻。”

赛尔和星星帽子钻回免疫细胞的驻军基地，只是这次换了一栋建筑物作为目标。他们偷偷潜进去，将休息室桌上的糖罐和盐罐里的东西调了个个儿，做完之后，又从窗户跳出去，躲在灌木丛里观察。

很快，休息室里就走进来一个青年。他戴着眼镜和领带，看穿着像司令官，原来是辅助性 T 细胞。

这个辅助性 T 细胞正是免疫细胞们的指挥官。只有他下达指令，免疫细胞军队才能出动，与细菌怪兽等进行战斗。

如果用人类社会来打比方，那么像1146这些中性粒细胞就是警察、保安，可以根据自己的判断与现行犯战斗，而军队里的士兵因为能力太强大，倘若不对敌人的强弱做好预判就贸然冲上去，很容易破坏城市建设并伤害到无辜市民，因此，必须听从指挥官的命令。

辅助性T细胞泡了一杯红茶，醇厚的茶香顺着敞开的窗户飘了出去。他用汤匙舀了满满一勺砂糖放进茶杯，搅拌后一口气喝了下去。

噗——，喷出的茶水溅出老远。

“这是什么玩意！”

辅助性T细胞正抓狂时，1146打开门闪身进来。

“辅助性T司令，刚才有敌人来这里吗？我的受体起反应了。”

“我还想问呢！是谁把糖和盐换了的？”

“那看来是我来晚了，或许有敌人——专门捣乱的抗原入侵了！”

1146一边说，一边从休息室蹿了出去。

“啊，等等，你有没有多余的T恤啊？那个……”

辅助性T细胞的脸上和领带上都溅到了红茶沫子，他想叫住1146，可惜对方急匆匆地跑了出去，压根没听到他的呼唤。

“哇哈哈——，好爽，好有意思！”

“嘻嘻。”

赛尔和星星帽子满足极了，为寻找下一个整蛊目标，开始在驻地中转悠起来。他们看到有幢小建筑物的窗户开着，便毫不犹豫地钻了进去。

房间里立着一排排书架，书架上摆放着许许多多的文件，还有各种形状的机械零部件散落在地板垫子上。

垫子的中央，是做到一半的大型激光炮、机关枪、药剂喷雾器等武器。

（我见过这些武器……那个穿着蓝衣服的家伙曾在训练场上用过。）

赛尔和星星帽子互相看了一眼。

紧接着，星星帽子随意地拿起零部件安装在没做完的武器上，做出乱七八糟的器械，看上去有点像机器人。

星星帽子摁下机器人脑袋上的开关，它立刻发出奇怪的声音，嗡因嗡因、嘎嘎嘎嘎嘎嘎嘎……

“糟了！”

赛尔和星星帽子赶紧从窗户跳了出去，躲在树荫下，偷偷窥视屋里的情况。

B 细胞抱着一个装满零部件的收纳箱走进来。这里是他制作武器的工作室。

“哎呀，零件被收在了仓库里，我好不容易才找到……欸？这，这是怎么回事？”

星星帽子刚才随意拼好的抗体机器人正“嘎哒嘎哒”冒冒失失地在屋子里打转，时不时还会撞到其他东西。B 细胞赶紧一把抱住它，试图制止。

然而，太晚了……

抗体机器人弹开 B 细胞，然后全身发出光亮，自爆了！

砰砰砰砰砰砰——

滚滚浓烟从建筑物中冒了出来，被熏得焦黑一身的B细胞晃晃悠悠地逃了出来。

“到底是谁！是谁擅自干的好事?！”

赛尔和星星帽子见状，大笑着从现场跑开了。

他们跑到一条大道上，看见血小板们正在巷子口进行施工前的准备工作。

“各位，过来一起搬箱子！”

听到领队的指示，七八个血小板“啪哒啪哒”迈着欢快的步子，来到稍远处巷子与大道的交叉口。这里放着一个巨大的箱子，里面装的是施工要用的各种资材。

“一、二,一、二,一、二……”

趁着大家的注意力都集中在那边，星星帽子把写着“请绕道”字样的指示牌换了一个方向。如此一来，行人和车辆就会闯进施工地现场。他还把墙上贴着的绕道指示地图给撕了。

做完这些事，赛尔和星星帽子躲在一栋建筑后面，看到一个穿着红色夹克、戴着红色帽子的少女过来了。她是红细胞，帽子上写着 AE3803 的编号。3803 怀里正抱着一个氧气箱。

“施工中？啊，那要从这边绕过去。”

然后，她就走进了巷子。

“呀——”

咔哒咔哒，扑通！

一声惨叫和重物掉在洞里的声响传了过来，正在搬箱子的血小板们大吃一惊，赶紧放下箱子过去查看。

“欸？是红细胞姐姐！”

“怎么会？怎么会？”

“啊，箭头……”

“是谁调换的？太过分了！”

血小板们慌作一团，不知该怎么办才好，这时 1146 赶了过来。

“出什么事了？是有敌人吗？！”

叮咚——

受体再次响起警报声。血小板们齐齐指着巷子。

“那个那个，红细胞姐姐——”

“在里面吗？”

1146立刻飞身进去，结果也是惊叫一声，然后扑通一声摔了下去。

“对、对不起，红细胞！”

“白细胞哥哥，你没事吧？”

“我踩到你们红细胞姐姐了……”

地面上的血小板们闻言更慌了，赛尔和星星帽子则笑着逃走了。

“呀哈哈哈！哎呀，太开心了！”

“嘻嘻。”

赛尔和星星帽子穿梭在一个个巷子里，笑得都停不下来。

赛尔只觉得长久以来积聚在自己心中的郁闷被一扫而光，终于停了下来，伸了个大大的懒腰，对星星帽子说：“我还是得回去工作了。免疫科的那些家伙，一个个鼻子翘得老高，而且粗俗无礼，我可讨厌他们了。这次好好搞了他们一通，真开心啊。”

“嘻嘻。”

“啊，你说要去我家玩？好啊，我请你喝茶。”

赛尔抬起脚步向着自己家走去，星星帽子紧跟其后。

“说起来，你真厉害啊，能想到这么多整蛊的点子。我看你好像一点都不害怕，你不怕那些人发现后会冲你发火吗？”

星星帽子没有回答，依旧只是灿烂地微笑着。

两个人回到赛尔的家，位于公寓二楼的一个房间。

赛尔把星星帽子让进屋，然后一边泡茶一边和他说话：“我呢，刚独立没多久，一天天的净在家里分裂细胞了，所以没有什么朋友……我也不清楚自己身边都是些什么细胞，可以的话，以后我们就做朋友，好好相处吧。”他把茶杯递给星星帽子，“之前忘问了，你是什么细胞啊？你头上的帽子，好时尚呢。”

“嘻嘻。”

星星帽子将一个带有星星花纹的淡蓝色球体拿在手上，又把手缩进T恤里，再从腹部伸了出来。他就以这个姿势，把球体推向赛尔。

“欸，这是什么？”

球体一点点膨胀，看上去软乎乎的，随后变成了帽子的大小。

“这是……帽子？”

星星帽子把这个东西抵到赛尔胸前。

“啊，你要送给我吗？不不不，这不太好……”

“嘻嘻……”

星星帽子的脸色变了，虽然还是笑嘻嘻的，但看上去像恶魔一样。赛尔突然感觉毛骨悚然，浑身发冷。

“不，等等……”

“嘻嘻！”

星星帽子硬要把帽子往赛尔头上戴，赛尔推脱间瞥见帽子内侧长着无数尖锐的牙齿！

（呀！鬼啊——）

“啊啊啊啊啊啊啊啊啊啊！”

赛尔尖叫着，惊险地避了过去，逃到阳台上。星星帽子手里拿着长满牙齿的帽子，凶狠地逼了过来。

赛尔无处可退，被星星帽子抓住肩膀，狠狠地抵在阳台的栏杆上。看着眼前长着尖利牙齿的帽子，他拼命扭动身体试图逃脱。

身体朝后仰得太厉害，眼看着要从栏杆上翻下去了，没有办法，塞尔只能大声呼救：

“呀——，你别过来！救、救命啊！”

然而，公寓底下只有戴着同款帽子、脸色苍白的细胞们。他们像蛆一样聚了过来。

“天哪，街上到处都是？！”

看情形，自己是没办法逃到外面去了。赛尔挣扎着，好不容易又爬回房间里，却看到两个星星帽子细胞不知道什么时候踹开门闯进来了，正试图踢翻他的细胞核罐子。

“住、住手！不准碰我的分裂装置！”

这个时候，赛尔终于想到了一件事。辅导书上说，戴着奇怪的圆形帽子、脸色苍白的坏细胞是——

“被病毒感染的细胞……你们是僵尸？！”

赛尔赶紧回忆之前在书上看到的内容。

（从外面的异世界入侵的敌人，分为很多种类。长得像怪兽的，是细菌；长得像球的，是病毒。病毒体型很小，仅凭自身无法生存。为了能够在人体内顺利活下去，病毒会将自己化成帽子形状，紧紧缠住正常细胞的身体，并以正常细胞为材料不断进行复制。着了道的细胞将丧失自己的主观意识，听从病毒的摆布，成为僵尸……是的，书上就是这么说的！）

“嘻嘻嘻嘻嘻——”

听着病毒僵尸们高亢的笑声，赛尔绝望了。

（还以为自己终于交到朋友了，原来他只是想要利用我而已……）

僵尸大军聚在一起，开始猛烈攻击复制细胞生活的罐子。他们是打算抢夺复制细胞的身体，做成傀儡。

“住手——”

（你们不要动复制细胞啊……）

赛尔绝望地抱住脑袋。

“呵，刚才多谢了，”一道有力的声音插了进来，“这是谢礼。接着吧，混蛋们！！”

啪！

赛尔眼睁睁地看见一个僵尸被打倒在地，顺着方向看过去，他看到了杀伤性T细胞班长正攥紧拳头站在房间里。

班长又挥出一拳，打在另一个僵尸身上。被拳头问候的僵尸撞到其他僵尸身上，赛尔也遭了池鱼之祸，被弹到窗外。

“啊——”

一只孔武有力的手臂拽住了正在下落的赛尔，他没有摔在地上。他颤颤巍巍地睁开眼睛，看到眼前站的是……1146。

“这次似乎赶上了呢。”1146淡淡说道，然后轻轻把赛尔放下，“你也找个地方避难去吧。”

话音未落，1146加入了战斗。赛尔再也不敢逞强，按照1146说的去找躲藏的地方。

在他身边，众多杀伤性 T 细胞正与僵尸激烈地战斗着。只见杀伤性 T 细胞班长将几只僵尸缠在一起扔了下去，紧接着自己也跳下楼，先是猛拳出击，再是旋身转踢，打得僵尸们七零八落。

在他的猛烈攻势下，僵尸群开始犹豫。杀伤性 T 细胞班长看着僵尸们不甘心的样子，朗声道："你们似乎还不清楚我们是怎么找过来的啊。"

此刻，赛尔正躲在小区大门口后面，紧紧盯着战场。听到这句话，他心生疑问。

（这么说来，他好像说过一旦得到出动命令……命令，是什么时候下的？）

"这是你们落下的。"班长抓过部下一直拿着的整蛊盒，摆到僵尸们面前。

"我们分析了你们附着在上面的 RNA，即遗传因子信息，从而确认出你们的真实身份。现在明白了吧，人鼻病毒！"

有许多种病毒都可以引发感冒症状，人鼻病毒正是其中一种能够引发流鼻涕、鼻塞等鼻伤风症状

啊——

KILL
这是谢礼！
混蛋们!!

的病毒。

人类等大部分生物都同时拥有DNA和RNA两种遗传因子。

遗传因子形似拧在一起的绳子，记录了包括细胞颜色、形状、大小、作用、性能在内的各种信息。正是因为有了它，生物细胞在分裂的过程中，才能够保证新老细胞完全一致。每种生物，其遗传因子上记录的信息是不同的。

细胞核罐子，即分裂装置中，记载了遗传因子信息。

但是，病毒只拥有DNA或RNA一种遗传因子。

通过相关手段，可以从汗液、唾液、毛发等读取遗传因子信息，杀伤性T细胞或许就是通过残留在整蛊玩具上的汗液找到线索的。

僵尸越涌越多，它们与免疫细胞间的战况愈发激烈。

十多个穿着白色战斗服的中性粒细胞加入免疫细胞的队伍中，齐齐拔出战斗用大刀向僵尸的背后劈过去。

“这边就交给我们吧！”

“上！”

小区各条道上也是白热化的战斗场面，现场陷入一片混乱中。

“哟呵，我们要开始干活了呢。”

新来的小姐姐看上去温温柔柔，穿着镶有饰边和蕾丝的白围裙，戴着白色的报童帽，手上却握着锋利闪亮的砍刀、斧子或硕大的锤子。

赛尔一直躲在边上，看到1146就站在自己的跟前紧盯着僵尸集团军试图伏击。他在见到这群小姐姐后似乎松了一口气，招呼道：“巨噬细胞，快过来帮忙！”

“好的呀。”

“呵呵，看上去好好玩呢。”

这群小姐姐叫巨噬细胞，看上去软萌可人，一旦开始作战，战斗力超强。她们身处战场一角，或是一拳把僵尸打飞出去，或是几刀把僵尸砍得稀巴烂。

（小姐姐们也是白细胞的战友啊……）

B 细胞端着自己的抗体武器也来了，这一次抗体的样式是水枪。

“让你们久等了，吃我一弹！”

唰唰唰，从喷嘴中射出一股强有力的液体。僵尸们仿佛被花洒浇了个透心凉，很快一个接一个地咚咚倒地了。

眼前的僵尸终于被消灭，赛尔又能看清前方了。只见被逼得走投无路的僵尸正团结力量，一起对付杀伤性 T 细胞班长一人。他们试图把帽子戴在班长头上，把他转变成僵尸。

“难道你们觉得这招有用吗？团灭吧，被感染的细胞们！”

杀伤性 T 细胞班长施展绝招“穿孔素蛋白拳”。该拳法若再精进，就会变成杀伤性 T 细胞终极奥义 · 穿孔素 · 加农拳。不过到目前为止，班长还未释放过这一终极绝招。

对于大部分的敌人来说，穿孔素蛋白拳就已经足够了！

咚咚咚咚咚咚——

僵尸们一个不剩地全被炸飞了出去。

战斗结束了。

人鼻病毒军团散落在地上的星星花纹帽子被全部回收，集中塞进巨大的“喷嚏一号”火箭中，最后放逐到遥远的异世界。

火箭发射的轰隆声响彻天地，久久回荡。

啊、啊、啊啊啊啊切切切切——！

赛尔终于顺利地回到自己的房间。房间里乱七八糟，墙壁上、天花板上是一个个豁口。细胞分裂装置也坏了，复制细胞正精疲力竭地瘫在地板上，幸好并没有受伤。

“小夏，你没事，太好了！”

赛尔松了一口气，紧紧抱住复制细胞号啕大哭起来。

他正哭着呢，杀伤性 T 细胞班长又冲回来，对他大声嚷嚷道：“真是！让我们好一阵忙乎，你这个白痴。我跟你说，万一你也被病毒感染了，肯定会被立刻消灭的。你小子可是捡了一条命回来。”

班长说完后就气冲冲地跑了，紧接着，1146进来开始说教了。

“接下来你要好好学习，不管是关于病毒，还是关于细胞的知识，都要好好了解。还有，不要再恶作剧了，大家都很困扰呢。”

“知……知道了，对不起。”

赛尔低下了头。

几天之后。

杀伤性T细胞班长正独自在军队驻地的训练室里锻炼肌肉，突然听到从训练场方向传来一阵阵欢快的声音。

“怎么回事？”

他站在一楼窗户往外瞧，看到自己的部下、中性粒细胞以及巨噬细胞们正和小区里的普通细胞在玩。有的在打羽毛球，有的在玩抛接球，有的在玩躲避球，还有的在踢足球，总之，大家看上去都很开心。

“你们这些家伙，在……在干什么？！”

班长从窗口探出身去大声训斥，却看到就在窗边，自己的几个部下正和前几天见到的那个普通细胞及其复制细胞玩耍。他们听到他的声音后，都转过身来。

“啊，是班长。”

“因为没什么要紧事，一不小心就放松了。”

普通细胞赛尔有些不好意思地说：“班长大人，方便的话，您来跟我们一起玩啊。那个，大家都是邻里邻居，要是能一起愉快相处的话……”

“白、白痴，我们可是杀手，怎么可能和人亲近！！搞不好哪一天，我就会把你杀掉！你得掌握好分寸！”

“哎呀，这种话我们已经听了几百万遍了，班长。”一个部下插进话来，“别总是这么严肃嘛，互相交流也很重要啊。”

快，一起上！杀伤性 T 细胞部下们互相使个眼色，聚到训练室里，一起抓住班长并把他拖到训练场上去了。

“喂，等等，你们这些家伙，快放手！”

反抗是无效的，杀伤性 T 细胞班长最终也加入了打羽毛球的队伍。

“切……我就参加这一回哦，你们这些混蛋！”

班长大人嘴上别别扭扭地说着，可实际上呢，心里莫名地开心极了。为了掩饰自己的害羞，他决定把朋友也拖下水。

“喂，那边的白细胞，中性粒细胞 1146，快过来给我们计分！”

“为什么我要给你们计分？”

1146 一边发着牢骚，一边开始为杀伤性 T 细胞班长和塞尔的比赛计分。

就在这时，又响起一个声音。

“咦，这里是杀伤性 T 细胞们的基地？哇，看上去好欢乐啊。”

不知道为什么，和这里理应没有半点交集的红细胞 AE3803 抱着二氧化碳的箱子靠了过来。

1146 有些无语：“你又迷路了？算了，要是不着急，进来休息一会儿吧。”

“好的呢。”3803 也加入了游戏的行列。

2

肚子疼死了

- 食物中毒 -

这是“某个人”的身体内部。

白细胞中的中性粒细胞 1146 和红细胞 AE3803 趁着工作的间隙，正在某个地方参观学习。

刚刚 3803 要将氧气、营养成分等便当给胃部的工作细胞们送过去，却又迷路了。1146 恰好巡逻到附近，见状就将她带了过来。

等送完氧气后，两人并排站在一起，从参观窗口仔细观察胃里的情况。

胃的四周是坚实的墙壁，整体看上去就像一个巨大的罐子。站在墙壁边上抬头看，就像看一栋摩天大楼，脖子很快就会发酸。

沿着墙壁，有一条参观通道，通道上装了一扇大窗户，从窗户可以清晰地看到里面发生的所有事情。用人类社会来比喻的话，这里有点像水族馆里的巨大水槽。

窗户对面涌动着泛黄的液体，从体外异世界过来的食物，即营养物质，正缓慢地在这里溶解成糊状。

“哇，这黄色的液体是什么啊？”3803瞪圆了眼睛，好奇地问道。

1146回答：“是胃液。它的作用是溶解固体营养物质。”

“所谓的‘食物’，就是这样被消化掉的，对吗？”

“对。”

3803双眼放光，继续开心地说：“我之前一直在拼命地认路记路，都没能仔细看看这个世界是怎么构成的呢。像今天这样能够亲眼见到，还有人帮我解惑，是人生第一次呢！”

叮咚——

1146戴着的白帽子上，突然竖起一个圆形感应器。

“欸？受体起反应了！”

这说明附近有细菌出没。

“对不起，红细胞，以后有时间再来听你说话！”

“啊，没、没关系，也不是什么重要的事。”

（咕嘟）
ボコ
（咕嘟）
ボコ
（咕嘟）
ボコ
ドドドドド
ジュオオオ
（叽咕叽咕）
啊——!!
这是什么?!
是胃液。
它的作用是溶解固体的营养物质。
白血球
白细胞
主要负责捕杀细菌、病毒等侵入体内的外来物质。
红细胞
负责通过血液循环运输体内的氧气及二氧化碳。

3803还在摆手，1146已经全速跑开了。他躲开路上的红细胞们，在参观通道上逆着人流跑了起来。

这时，从胃部外墙边传来一阵红细胞们的惨叫，其中还夹杂着细菌怪兽嚣张的大笑声。

“哈哈哈哈，软蛋白细胞！怎么，这样就结束了吗？”

1146停下脚步听声辨位，接着折身往一个方向跑去。

正在狞笑的细菌怪兽，身上仿佛缠了一条紫色纹路的巨蟒。在它身边不远处，躺着一个穿粉色战斗服戴粉色帽子的少女。她似乎是为了保护身后的红细胞少女，被怪兽打飞的。

怪兽不断逼近红细胞。

“嚯，不想被杀死，就乖乖地把营养成分都交给我！”

嘎哒嘎哒，红细胞浑身颤抖，吓得都讲不出话来了。

穿着粉色战斗服的少女拾起一柄长叉，重新攥紧，挣扎着站了起来。虽然武器不尽相同，但她和1146一样，也属于白细胞。

少女高声怒喝道：“闭嘴，你这个细菌！不管是体内的红细胞，还是营养成分，你都别想染指！吃我一记！”

她架着长叉又冲了过去，然而，啪的一声，怪物身上探出一条宛如大蛇的触手，轻易地卷走了她的长叉。少女狠狠地晃了一下，几乎没能站住。

怪兽从鼻子里嗤笑一声：“若碰到的是巨噬细胞，那我肯定要倒霉，没想到是你这么弱的白细胞，简直太走运了！”

说完他一记重拳，将少女打翻在地。

看不下去了！1146一个箭步向怪兽冲了过去。

“去死吧——！”怪兽高叫着，正打算给少女致命一击，却瞥到一把战斗用大刀闪着寒光冲了过来。

1146一下就砍断了怪兽的脖子。他冷冷地看着倒在地上无法动弹的怪兽，轻轻吐出一口气：“呼……消灭完毕。”

围观战斗的红细胞和普通细胞们炸开了锅，本以为是万分棘手的细菌怪兽，没想到这般轻易就被干掉了。

“那个，你还好吧？能站起来吗？”

冲过来的 3803 想搀起倒在地上的少女。少女犹豫了一会儿，咬着嘴唇轻轻地摇了摇头。

“不用……我自己能站起来。”

少女站起来后，走向 1146 向他道谢。

“谢谢你救了我。给你添麻烦了，中性粒细胞。”

“你好啊，嗜酸性粒细胞，好久不见。”

少女原来也是白细胞，和 1146 从小就认识。3803 吃了一惊。

“欸？她是你的朋友吗？”

“嗯，她也是白细胞，和我一起从骨髓中诞生出来的，是嗜酸性粒细胞。”

骨髓存在于粗壮的骨头中，是白细胞家族生长发育的场所。

“你好，初次见面。”嗜酸性粒细胞有些害羞地和 3803 打招呼。

“啊，你好呀，初次见面，请多关照。”

远远围成一圈的普通细胞们窃窃私语起来，声音一直传到 1146 等人的耳朵里。

“你们说，穿粉色衣服那个，真的是白细胞？”

“都输给细菌了呢。”

“好弱……”

“说起来，还有这样的白细胞吗？我都不知道。”

“也不知道搞什么的，亏她还拿着那么大的武器呢。”

“就细菌那玩意，不应该啪啪两下就搞定吗？”

嗜酸性粒细胞懊恼地低下头，紧紧握住长叉柄。

嗜酸性粒细胞在白细胞中占比不到 5%，与 1146 这些穿白色战斗服的中性粒细胞比起来，很不显眼。中性粒细胞占了白细胞一半以上。

而且，嗜酸性粒细胞战力薄弱，不擅长与细菌怪兽、病毒僵尸等作战。

1146故意提高音量，向3803解释说："白细胞的工作不仅仅是消灭细菌，还有其他工作的——"

"算了，不要说了，中性粒细胞。"嗜酸性粒细胞制止道，"他们不过是说了实话。我也不是很在意，没关系的。"

话是这么说，嗜酸性粒细胞却一直低着头。

1146不知道该说什么才好了。他想鼓励嗜酸性粒细胞，但是不恰当的鼓励和夸张的袒护，只会让对方更加难堪。

"……这样啊。"

3803担心地看看1146，又看看嗜酸性粒细胞，就在这时——

咔嚓——，突然传来一阵墙壁坍塌的声响，伴随着巨大的晃动，在场所有人都站不稳了。

"出什么事了?!"

"好像是胃那边?"

1146与嗜酸性粒细胞对视一眼。地面再次摇晃起来，3803与身边的普通细胞、红细胞们不由得尖叫起来。

只听天花板上的扬声器中传来了广播声："紧急通知！有细菌……"

随着一阵剧烈的晃动，广播突然中断了。

"刚才是说有细菌?！但是这个震动，到底是怎么回事?"

1146做好战斗的准备，心中涌起一种不祥的预感。叮嘱3803快跑之后，他转身看向嗜酸性粒细胞。

"不管了，我们先过去！"

"好！"

广播再次响起。

"所有人快跑，有细菌入侵！出现细菌性食物中毒迹象，请身处胃部附近的人尽快逃离！"

广播一遍遍重复着相同的内容，细胞们像无头苍蝇一般四处逃散。1146帽子上的受体起了反应，叮咚声持续不断地响着。

"在这边！"

1146与嗜酸性粒细胞一起沿着墙壁跑了起来。

突然，伴随一阵巨响，墙壁闭上裂开一个大缝隙。

从裂缝中蹿出一只细菌怪兽，它浑身上下长满白色短毛，身后拖着一条长长的尾巴，看上去矮墩墩、胖乎乎的。其体型，比细胞们至少要大两倍。

之后，同样长相的细菌怪兽们一只接一只，连绵不断地涌了出来。

“大爷我是肠炎弧菌！孩儿们，乱起来吧！”

在细菌老大的一声号令下，肠炎弧菌怪兽随手抓住正四处逃窜的红细胞，张开血盆大口，一口吞了下去。

“啊——”

“哇，要被吃了！”

“救命！”

“这些就是敌人吗？”1146手上拿着刀，对嗜酸性粒细胞说道，“在援军未到之前，就靠咱俩了！”

“好、好的！”

“你掩护我！”

1146没看一眼嗜酸性粒细胞，只留下一句话，

出现细菌性食物中毒迹象，请身处胃部附近的人尽快逃离！
肠炎弧菌
是主要生活在海水中的一种细菌。人一旦食用被该细菌污染的海鲜贝类，就会发生伴随激烈腹绞痛症状的肠炎弧菌食物中毒。
孩儿们，乱起来吧！

飞身闯进肠炎弧菌队伍中，咔嚓几声，干脆利落地将怪兽一一斩杀。

此时此刻，负责监视胃部情况的监控室中，细胞们已经乱作一团。

“怪兽是附着在生鱼上入侵的，数量众多！”

“欸？较之常规的细菌性食物中毒，此次胃壁受到的伤害格外严重啊。”

“管那个干什么！快拉警报，警报！”

“可是……”

“拉警报，马上通知免疫细胞们过来！”

于是，负责监控的细胞们一心一意开始寻求免疫细胞的帮助，几乎没有人再认真注意屏幕上的画面。

细菌性食物中毒是细菌附着在食物上进入人体内引发的一种病症。其表现形式为腹部剧烈疼痛、呕吐、严重的痢疾等。

能够导致食物中毒的细菌有无数种类，其中肠

炎弧菌主要见于夏季，常附着在生鱼片等不经煮熟的鱼类料理上进入人体，导致肠胃损坏。它们会在人体内产生毒素，攻击红细胞。

纵观所有细菌，肠炎弧菌属于繁殖速度极快的种类，特别喜欢盐分高的地方。平时多生活在海水中，若是不能摄取到半点盐分，就会死亡。

“我要被吃了，救命啊——”

一个红细胞青年尖叫着。1146 余光瞥到嗜酸性粒细胞飞身跑了过去。

“喂，嗜酸性粒细胞，别自己一个人过去！”

嗜酸性粒细胞拿长叉抵住肠炎弧菌的腹部，不承想对方将手上的红细胞青年当作武器扔了过来。两个细胞撞在一起，全飞了出去。

“呜呜……”

嗜酸性粒细胞似乎受伤颇重，呻吟着根本站不起来。1146 见状，滑过去护住她，可旋即又被怪兽的长尾巴扫了出去。

“中性粒细胞？还好吗？”

嗜酸性粒细胞摇摇晃晃地支着长叉站了起来，再次向怪兽发起挑战。

（真是乱来！）

1146 这样想着，慌忙制止道："嗜酸性粒细胞，快回来！你打不过它的！"

"吱"的一声，嗜酸性粒细胞颤抖着停下了脚步。

1146 咬紧牙关，重新摆好姿势，冲肠炎弧菌挑衅道："嘿，看这边，你个白痴！"

"哈？别嘚瑟！那我就先从你吃起吧！"

肠炎弧菌张开大嘴，扑了过来。绝对不能退缩！1146 已经做好了心理准备。

哇呜——！

1146 被肠炎弧菌囫囵吞进了肚子。

"中性粒细胞？！"

"欸欸欸欸欸欸欸欸欸？！"

1146 听到嗜酸性粒细胞与 3803 的惊叫声从远处传了过来。

（不是说了让你跑吗？这家伙，真是让人没办法。）

细菌怪兽的嘴巴里漆黑一片，泛着一股湿热。

1146 大力挥舞手上的刀，从内部刺中敌人的喉咙，之后将浑身所有力量集中在手腕，抓着刀柄转了半圈，一直切到嘴角。

“哟嚯——”

1146 畅快地大叫着，手上继续发力，又横向切了一刀。之后，他沐浴着射进来的阳光，从怪兽口中跳了出来。在他着地的瞬间，背后那只怪兽几乎被分成了两半，挣扎着倒了下去。

正在众人惊讶之际，又有很多白细胞战士冲了过来，与肠炎弧菌缠斗在一起。

“没、没事了吧？”

1146 担心地问嗜酸性粒细胞和 3803，两人都点了点头。

后加入的白细胞 4989 插话道：“先关心你自己吧，你没事吧？”

“对不起……中性粒细胞。”嗜酸性粒细胞道歉道，看上去快要哭了。

“是我擅自行动了。我、我的战斗力太弱，才让你一个人陷入这么危险的境地……可我、我，明明也是白细胞啊。”

这时，远远躲在建筑物后观察战况的普通细胞和红细胞们纷纷提高音量，叽叽喳喳地说了起来。

“原来自己也知道呢。”

“到底为什么会有嗜酸性粒细胞啊？”

唔……嗜酸性粒细胞下意识地咬住嘴唇。1146意识到自己刚才说的话太严苛了，他并不想伤害嗜酸性粒细胞。

“不……我才应该说对不起。情况紧急，一不留神就说了不好听的话。我说你一个人不行，是指……”

“你不用解释，我也知道自己很弱。谢谢你刚才帮了我。”

嗜酸性粒细胞低下头，1146再次不知道自己该说什么了。

就在这时，咚——，咔嚓——！又是一阵轰响。随之而来的是一阵剧烈的摇晃，胃壁上出现了新的巨大裂纹。在场的细胞们都被震得站不住脚，摔在了地上。

有个声音高声叫道："糟了，胃壁要裂了！"

细胞们难以置信，心中忐忑。

幸好这个时候，与肠炎弧菌的战斗已经到达尾声，至少不用再担心细菌怪兽的袭击了。只是，目前的形势根本不容人放下心来。

大家看到胃壁上出现一条狭长的裂缝，足足有十层楼那么高，甚至可以从中看到胃壁上的钢筋。一股散发着酸味的烟雾弥漫出来，泛黄的液体也逐渐渗了出来。

"那液体……是胃液，我们也要被融化了！"

听到 1146 的低语，3803 吓得屏住了呼吸。

在胃功能监控室中，细胞们也注意到了这个异变，纷纷挤到显示屏前。

"太、太奇怪了。如果说是细菌性食物中毒，那胃壁受到的损伤实在太大。"

"这是……糟了！"

所有人的脸色瞬间变得苍白。

“说什、什么？”

“情况不妙，我们可能会被溶解。”

“快跑啊！”

细胞们左冲右突，纷纷开始逃命。

咔嚓！咔嚓咔嚓咔嚓！

只听到胃壁内部的钢筋被一根根折断的声响，裂缝越来越宽，而裂缝每宽一分，大地就跟着剧烈震动一下。

“这是什么声音？！”

“是敌人吗？”

细胞们害怕极了。白细胞战士们纷纷做好战斗准备，紧紧盯着墙壁裂缝的方向。

“白细胞君，嗜酸性粒细胞君，没事吧——啊！”

3803 很不安，在剧烈的晃动中，站都站不稳了。1146 看顾着 3803，突然明白了敌人的真面目。他高声叫道：

“敌人不是细菌，是一种寄生虫——异尖线虫！”

话音刚落，胃壁上的裂缝已经变成一个巨大的豁口，从中钻出一头宛如白色巨蛇的怪物。它张着大口，冲细胞们耀武扬威。

要说这怪物的个头，那是前所未见的巨大，足有细胞的几百倍——不，是几千倍之大。

异尖线虫是一种寄生虫，外表酷似白色丝线，长约 1—3 厘米，人肉眼就可以看见。

它在鲸鱼、海豚的胃里产卵。之后，卵与粪便一起被排出体外，混入海水中，发育成为幼虫。幼虫被一些小生物整个吞进肚子，并不死亡，而是躲在其体内继续生长。小生物后又被鱼、鱿鱼等吃掉，之后异尖线虫就生活在鱼、鱿鱼等的体内。

这些鱼、鱿鱼若是被鲸鱼或海豚吃掉，异尖线虫会再次在其体内产卵，由此形成一个闭环；若是被人类吃掉，异尖线虫就随食物流到胃部，在意识到这里不是鲸鱼体内后选择继续躲藏，紧贴在胃壁上吸收养分并用头部撞击胃壁。

站在人类的角度，胃壁被寄生虫啃噬、撞击，自然十分痛苦。因此，在吃海鲜生食时，除了细

菌，我们还必须注意有无寄生虫。

像海豹这种生活在寒冷海域的生物，胃部也寄生着异尖线虫，可见异尖线虫是多么耐寒了。它在零下 3℃左右能够存活一个多星期。所以，人类在吃从海里捕上来的鱼、鱿鱼等海鲜时，或将它们置于零下 20℃的环境中冻上几天，或充分煮熟后再食用，总之必须将异尖线虫彻底杀死。

细胞们听到这一噩耗，都陷入了恐慌中。

“啊啊啊啊啊！”

“救命啊，救命！”

巨大的寄生虫怪——异尖线虫嘎嘣嘎嘣地破坏起胃壁来，连向来英勇的白细胞战士们都忍不住节节后退。

“怪物把胃壁咬烂了！”

“完了完了，它过来了！”

“不、不管怎样，一定要制止住它！就算不能消灭它，也必须守住这里，确保大家全部撤离！”

1146 高声喊着，鼓起心中所有勇气，准备朝异尖线虫冲过去。

叽叽叽叽叽叽叽叽叽叽——

异尖线虫仅是叫了几声，就引发了飓风，1146被吹得近不了它的身，反而重重地摔在了破砖碎瓦中。

叽叽叽叽叽叽叽叽叽叽——

异尖线虫仅是晃晃脑袋，就带起嘎吱嘎吱、啪嗒啪嗒的一阵声响，将胃壁破坏得愈发严重。

“呀呀呀呀呀呀呀呀呀呀——”

“好可怕！快来个人去阻止它啊！”

细胞们的惨叫声响彻整个空间。

“你们不是白细胞吗？倒是做点什么啊！”

“别说蠢话了，怎么可能打得过！”

“那怎么办啊……”

红细胞和白细胞们争辩起来。

“……混蛋！”1146挣扎着想要站起来，可是全身上下都受了重伤，根本动不了。

“我去。”

一道清凌凌的声音响了起来。

手上拿着长叉，坚定地向前走去的，正是嗜酸性粒细胞。

普通细胞与红细胞们亮起的眼神在看清她的身影后，又都黯了下去。

“什、什么？你在说什么呢，嗜酸性粒细胞？！”

“你连细菌都对付不了，怎么可能打得过这个怪物！”

“我们是、是说过你很弱，说过很多不好听的……”

“但并不意味着要让你在这种时候去白白牺牲啊。”

“这，就是我的工作！”

嗜酸性粒细胞斩钉截铁地说道。

这时，1146 终于挣扎着站了起来，束手无措的 3803 马上向他求助。

“那个，白细胞君，你看嗜酸性粒细胞说的话……必须阻止她呀！”

1146 感受到了嗜酸性粒细胞的坚定决心，所以什么话都没有说。

“你、你为什么不劝劝她啊，白细胞君！”

嗜酸性粒细胞见状，与 1146 交换了一个眼神，忍不住噗嗤一声微笑起来。接着，她骤然睁大眼睛，紧紧注视着异尖线虫，手握长叉发动突击。

“嗜酸性粒细胞——”

3803 痛呼一声，想要叫住她。1146 拽住往前冲的 3803 的手腕，把她拉了回来。

“不要担心，红细胞。”

“但、但是，那个怪物那么强，嗜酸性粒细胞会死的。”

“她也不是去送死的。”

“欸？”

没有梯子，嗜酸性粒细胞就攀着胃壁豁口上裸露出的钢骨架向上爬，她看上去没有半分胆怯的样子。

1146 发自内心地为她加油：“去吧，嗜酸性粒细胞。这个敌人，只有你才能打倒！”

嗜酸性粒细胞大声地回答：“作为白细胞的一员，驱除细菌固然是我的工作，但是，我还有

（咔）
嗜、嗜酸性粒细胞——!!
（嗒嗒）
嗜酸性粒细胞小姐——!!
不用担心，红细胞。
她也不是去送死的。
但、但是，那么……
欸？

另外的使命！这，才是我们嗜酸性粒细胞的本职工作！”

她一个纵跃，跳到了钢骨架的前端。

“我们的本职工作，就是消灭寄生虫！”

嗜酸性粒细胞跃向空中，将长叉狠狠刺进异尖线虫的脑袋。长叉散发出耀眼的光芒，迅速没入寄生虫脑袋深处。空气中传来一股烤肉的香气，眼瞅着异尖线虫的脑顶溢出了一股青烟。

呀呀呀呀呀呀呀呀呀——

尖锐的惨叫声刺得耳朵生疼，异尖线虫挣扎着缩回胃里去了。嗜酸性粒细胞被对方拖得直往前移，却依旧紧紧攥住长叉柄，死命抵抗。直到自己也拽不动了，她便一脚踹在异尖线虫身上，一个借力又跃回空中。

嗜酸性粒细胞手中的长叉是一种十分特殊的武器，能够破坏掉寄生虫的身体细胞。她不擅长对付细菌，在对抗寄生虫方面，却是最强的。

就在嗜酸性粒细胞“唰”的一声轻盈落地时，“咚”的一声，从胃里传来异尖线虫掉落在液体中的声响。隔着参观窗户，可以清晰地看见它不断挣扎，最终死亡的整个过程。

“呼……总算是制止了这家伙的入侵。”

嗜酸性粒细胞低着头，小声地吐出一口气。

“哇哦哦哦哦哦哦！”

热烈的欢呼声几乎淹没了嗜酸性粒细胞。普通细胞和红细胞们纷纷向嗜酸性粒细胞涌过来。

“嗜酸性粒细胞——”

“谢谢你消灭了大怪物！”

“真是没想到，你竟然那么厉害！”

“对不起，之前小看你了。”

“刮目相看啊！”

“太帅了！”

“对，不能更帅了！”

大家你一言我一语，纷纷表达对嗜酸性粒细胞的感激之情，嗜酸性粒细胞反倒有些不知所措了。1146在一边安静而欣慰地看着她。3803还是有些懵，眼睛依旧瞪得圆圆的。

“太、太帅，是说……我吗？”

“嗯！！！”

众人围着嗜酸性粒细胞，都忙不迭地点头。

嗜酸性粒细胞害羞地低下头，还把帽檐往下拽挡住脸，小声地说：“谢谢……”

大家不约而同地鼓起掌来。

“很帅呢。”

“嗯，相当帅气！”

“是、是吗？真的吗？呵呵。”

嗜酸性粒细胞羞得脸色通红，1146 和 3803 就在不远处默默地看着。

“这样真好啊。”3803 微笑着说。

1146 也觉得这样很好。这时，战友 2048 悄声对他说：“你刚才被吹得很远啊，有些丢脸呢。”

“哈哈哈，是的。”1146 不好意思地冲他笑笑。

3803 马上安慰他：“没有的事，你也很帅的。”

三个人顿时笑作一团。

今天，大家也一起守护住了这个世界。

……
谢……
谢……
谢谢……

3

食物的去向

- 消化器官 -

a. 胃

这一天，普通细胞赛尔在喉咙一带散步。街上来来往往的是快递员红细胞和巡逻员中性粒细胞，中性粒细胞是白细胞的一种。要说数量，前者要远多于后者。

突然，街角的扬声器中传来一段广播：

“紧急通知，喉咙附近发现被病毒感染的细胞，请免疫细胞即刻赶往现场！重复一遍，喉咙附近发现被病毒感染的细胞，请免疫细胞即刻赶往现场！其他无关细胞，请勿靠近！”

听到广播后，白细胞们立刻分开路上的红细胞，往现场赶去。附近墙上的一扇扇暗门也被打开，那是白细胞才能通过的专属门户，有越来越多的白细胞从别处游走了过来。

（喉咙附近，不就是这里吗？）

赛尔心下发慌，赶紧躲进附近的一幢建筑物中避难。

很快，就传来了白细胞与被病毒感染的僵尸细胞战斗的声响。

赛尔爬上楼顶，从这里俯视下面的巷子，发现附近有一扇进出淋巴管的大门，有一支军队正从大门内急速冲了出来。其中有杀伤性T细胞、巨噬细胞，以及B细胞。他们朝着正在小巷里蠕动的僵尸前进。

战斗很快接近尾声，因为被感染成为僵尸的细胞数量并不是很多。

“大家看到了，这次也十分俗套：免疫细胞抵达现场，打倒被感染的细胞，城市重新恢复了和平。”

赛尔在楼顶目睹了整个战斗过程，正喃喃自语呢，和一个偶尔抬头的杀伤性T细胞对上了眼。对方友好地向他挥了挥手，原来是前段时间一起打过羽毛球的一个士兵。可惜，士兵马上被他们的班长骂了：“混蛋！跟你们说过多少遍了，不要跟那些家伙黏黏腻腻的！要无视他们！”

赛尔忍不住叹出一口气。

“如上所示，今天还是一如既往，没有我们普通细胞出场的机会。”

他重新回到大路上，开始慢慢悠悠地散步。没办法，窝在自己的小家里也很无聊啊。

“复制细胞已经独立搬了出去，没有人能和我一起玩，好没意思啊。”

赛尔从大路下来，沿着喉咙水渠边的小道，继续漫无目的地闲逛。

这条水渠从嘴巴一直通向胃部，里面流淌着名为唾液的液体。

赛尔继续发牢骚：“说起来，免疫科的那些家伙都好狡猾啊。明明干着杀人的行当，却摆出一副正义小伙伴的面孔。每次我们被病毒袭击，要么说我们没做好自我防卫，要么说我们学习得不够。一想到这个，就超级生气！”

为了和免疫细胞们打好交道，赛尔也试着在驻军基地与他们一起玩耍，但是大家都很忙，不可能天天玩在一起。

最终，他还是只能回归到无聊的日常生活中，天天听着隔壁训练场上传过来的训练声，都要被吵死了。这样的生活简直没意思透了。于是，他就会经常想起挨免疫细胞训时的场景。

“什么嘛！我们普通细胞也有自己的思想和生命啊。”

赛尔停下脚步，仔细打量自己的手掌。

（如果，我也有那样强大的力量……）

这时，他突然听见一阵微弱并奇怪的声响。

“牛。”

“牛牛牛。”

声音是从水渠传过来的，并且在不断接近。赛尔不经意地看过去。

“牛牛牛，牛——”

他还听到了哗啦划水的声音。定睛一看，有四只小小的生物被水流团团裹挟着，正从水渠上游流了过来。看上去，它们快要溺死在水里了。

小生物眼看着就要从赛尔身前流过去了。

“啊，是细、细……菌？”

小生物长得圆溜溜、胖乎乎的，眼睛也是圆圆

牛牛——!!
バシャ
牛——!
バシャ
……!!
细、细……菌？

的……没错，就是细菌怪兽的小宝宝！

四小只的形状长得几乎一样，但上半身的颜色不尽相同。有一只是黑色的，有一只是白色的，有一只是褐色的，剩下的一只则是白底黑斑的。

“糟了，又看到不好的东西了。这一次，我必须马上联系免疫系细胞才行！”

前段时间，赛尔与一个戴着星星帽子的细胞成了好朋友，谁知对方却是病毒僵尸。而不管是病毒僵尸，还是细菌怪兽，对细胞来说，都是可怕的敌人。

“牛，牛牛。”

“牛——牛——牛——”

四小只明显是落水了，几乎就要沉进唾液水渠里。唾液这种液体，能够有效减弱细菌怪物的力量。像眼前这么小的小宝宝，很可能会直接死掉。

“什、什么嘛，明明是细菌，还好意思向细胞求救。”

“牛——牛——牛牛——牛牛牛——”

赛尔把脸转向一边，只是耳边一直传来四小只竭力的呼救声，他终于还是没法当作没看见。

“真、真是没办法，我只能帮一点点哦。等你们上了岸，就要回到原来的世界去哦。”

他捡起地上掉落的树枝，向四小只伸过去。四小只拼命拽住树枝，只是它们的力气实在太弱，没能抵过水流的力量，手（又或前肢？）差点就松开了。

“加……加油啊，就差一点点！”

赛尔一边给它们加油，一边抬起树枝。

终于，四只细菌小宝宝成功上了岸，开心地叫了起来。

“牛——！”

它们用闪闪发光的眼睛盯着赛尔。

“哈哈哈，你们看起来很高兴嘛。可我不太好呢，救了细菌……”

“牛❤，牛❤。”

四个小家伙啪嗒啪嗒地挥舞着鳍状的前肢，围在赛尔脚边打转，看上去高兴极了。

“不、不要贴过来哦，你们几个是细菌吧？”

正在这时，从水渠上方的大路上传来一个声音：“嗯？喂，那边的普通细菌，你偷偷摸摸在干什么？”

赛尔定睛看去，见到一个穿着黑色战斗服、戴着黑色帽子的男人。呀！他一惊之下，忙把四小只都塞进了自己的 T 恤里。

“没、没什么呀。不小心吃得有点多，身体不舒服，就蹲在这里休息一小会儿。”

“是吗？那要注意身体啊。”

男人说完后就离开了，赛尔长长吐出一口气。

“呼，好危险。跟你们说哦，要是被那些家伙抓到，你们肯定会被杀死的。不要在这里干坏事，乖乖回你们原来的世界吧。”

细菌怪兽都不是人体内世界的原住民，而是从外面的异世界进来的。

赛尔把四小只放下，打算回家去，却见四小只排成整齐的一列，啪嗒啪嗒地挥舞着前肢，迈着小短腿，摇摇晃晃地跟在自己身边。

“哎呀，我说，你们别跟过来！我可不想再被别人骂了。我就当没见过你们，你们快回原来的世界去吧！”

四小只似乎听懂了他的话，齐齐哀叫：“牛、牛、牛。”

它们徘徊着，似乎并不清楚回家的路该怎么走。赛尔见状，不禁抱住了自己的脑袋。

最终……

赛尔还是将四个小家伙塞进T恤，偷偷带回了他自己的小窝。为了避免它们捣乱，他把它们全装在了篮子里。

（啊啊啊，完蛋了，肯定会挨骂的！）

可是，四小只真的好可爱啊，实在让人难以置之不理。这样可爱的小东西，要是被杀了多可怜啊。

（得给你们起名字，白白的这个就叫小白，黑黑的这个就叫小黑，褐色的这个就叫褐褐，白底黑斑的这个就叫斑斑。）

——不不不，一旦起了名字，就会越来越喜欢它们的，到时候根本不可能再放手。

（话说回来，这是我第二次和细菌、病毒打交道了。最坏的情况，免疫细胞会不会把我也杀掉啊……）

叮咚——

门铃响了。不，不是门铃！这个悠哉游哉的声音之前听过，是白细胞身上受体发出的警报声。

赛尔战战兢兢地从猫眼去看外面的公共走廊。

果然！

一个戴着白色帽子、穿着白色战斗服的年轻人正站在屋外。

来人正是前段时间才对赛尔说教过的1146，他属于白细胞中的中性粒细胞，看上去格外冷冰冰。

叮咚——叮咚——

“受体明明起反应了啊。敌人——抗原到底在哪儿？”

1146小声嘀咕着。

（完了完了完了完了。）

“牛牛——”

四小只异口同声地叫了起来。赛尔慌得就像热锅上的蚂蚁，下意识地把装着小家伙的篮子抱在了怀里。

“傻、傻瓜，嘘、嘘，不要说话。要是被发现了，会被杀死的！”

咚咚咚，有人在敲门。

1146隔着门问道：“普通细胞先生，你在家吧？我听到声音了，请问是出了什么事吗？”

赛尔忍不住发起抖来。

此前因为人鼻病毒暴动事件，1146曾与赛尔打过交道。现在再次站在赛尔家门前，他不由得歪了歪脑袋。

（没人回应？我明明听到“牛”的奇怪声音……难道是他睡着了说梦话？不，等一下。难道说住在里面的普通细胞此刻正被抗原威胁着无法出声呼救，所以才下苦肉计发出刚才的声音？！）

紧接着，“牛”，又一声细弱却尖利的奇妙声响从门那边传了出来。

1146 蓄力，踹破了房门。

“喂，普通细胞先生，你没事吧？这里的抗原——”

随着房门被踢飞，普通细胞少年也一屁股摔在了地上，身子一个劲地发抖。在他身边，则躺着四只细菌怪兽的小宝宝，正奶声奶气地“牛牛”叫着。

“……这，是怎么回事？”

1146 倾身凑近赛尔问道，却见普通细胞少年低着头，什么也没有回答。

地上的四小只看上去十分可爱，一点儿都没受凝重气氛的影响，开始玩起落在地上的打包绳球。

“牛、牛、牛。”

“牛——”

少年紧紧盯着四小只的动作，嗫嚅再三，终于开了口。

赛尔把事情的经过向 1146 解释了一遍。

“……它们很黏我，我一想到它们会被杀死，就于心不忍，所以……”

“牛——。”

小白、小黑、褐褐和斑斑晃晃悠悠地爬上赛尔的膝盖。

“怎么了呀？肚子饿了吗？家里没什么吃的噢。”

“牛，牛，牛。”

“跟你们说了呀，没吃的呢。”

“牛——”

1146将小宝宝一只只捉了起来。

“细胞先生，你的心情我能明白。但是，我有我的职责，不可能容忍细菌在组织内部，即细胞们生活的小区、街道等区域繁殖。

“繁殖的细菌会产生毒素，给体内细胞带去极坏的影响。情况严重时，它们还会攻击红细胞，抢夺营养成分。这些，你都知道吧？”

1146把四小只装进篮子，站了起来。

“非常感谢你协助我抓捕了这几个抗原。那么，再见。”

就在这时，他放在裤兜里的对讲机中传来

声音。

“我是4989，胃部有敌人出没，正在激烈战斗中，请即刻过来支援！”

“收到，即刻过去！细胞先生，不好意思，这四个小东西我就带走了。”

1146拎着篮子，从房间里跑了出去。

赛尔没有一点办法，只能眼睁睁地看着他带着四小只离开。

（是、是了，这是他的职责所在。免疫细胞必须保护全体细胞的安全，这是他们的工作。像我这样的普通细胞……什么也守护不住。不知道什么时候“啪”的一声就死在哪里，才是我们的命运。）

赛尔被漫天的悲伤掩埋了。

（可是，那四小只……只是想活下去啊。）

他攥紧拳头，追着1146的身影冲了出去。

（刚才对讲机里说的，是胃部吧！）

赛尔终于到了胃部。

如摩天大楼一般的巨大罐子——胃的墙壁上

出现了一道道裂缝，而细菌怪兽正从裂缝中往外窥视。

它的头上并排长着好几只眼睛，浑身上下都是淡绿色的，仿若天蛾幼虫一般，且体型巨大。脑顶上还有四条短短的触手，触手一边发出噗呲噗呲的细小声响，一边不停地旋转。

赛尔躲在一堆砖瓦后面，默默观察状况。

只见 1146 等人已是遍体鳞伤，却依旧稳稳地拿着大刀，正与细菌怪兽对峙。还有一些白细胞则已经倒下了，负责监控胃部状况的细胞们费力地把他们拖到瓦砾后面藏起来。

细菌怪兽嘲笑道："哈哈哈哈哈哈。就是这样，慌就对了！你们这些普通细胞啊白细胞啊，什么都干不了，弱爆了！哪像我们幽门螺旋杆菌，有着强健的体魄，能够在胃酸中自由活动！瞧你们这些随时都会被融化的小弱鸡样，切！"

幽门螺旋杆菌体表覆有一层外壳，能确保自己不被胃酸消融。它平时附着在人体胃壁上生存，当

繁殖过剩或者发生暴动时，会破坏胃壁导致人身体不适，严重者甚至能引发胃癌。

胃壁一旦被破坏，胃酸就会溢出并侵蚀周边的器官，使人体感到剧痛。可以说，在众多从异世界入侵的细菌怪物中，幽门螺旋杆菌也算是翘楚，极其恶劣。

白细胞们大吃一惊，七嘴八舌地讨论起来：

“天哪，敌人竟然是幽门螺旋杆菌！”

“绝对不能让它继续嚣张下去。”

“可、可是，我们没办法靠近它，会被胃酸融化的。”

（呀，这下真是糟了。）

赛尔也心里发慌，不过转念一想，此时大家的注意力都在怪兽那边，或许可以趁机去把四小只救出来。看 1146 手上没有篮子，应该是放在什么地方了。会在哪儿呢？他探头张望起来。

（啊！在那儿，四小只都在！）

赛尔眼睛一亮，默默计算着什么时候冲出去最合适。

这时，1146高声说道："我去！我会在融化之前，给它致命打击！"

帽子上标着4989编号的白细胞悲痛地说："可是，1146，那样做你会死的！"

"这是我的使命！为了守护世界，我必须去做！！"

1146显然已经做好了必死的准备，眼神十分锐利，没有半点松动。赛尔看了，心里受到极大的震动。

（为了这个世界……是、是了。为了其他人，牺牲自己，多帅气啊。像我这样最平凡的普通细胞，一辈子都不可能做到。）

赛尔再次盯着自己的手掌。

（我，真的好没用，什么都做不了……）

就在1146准备冲出去的那个瞬间，幽门螺旋杆菌大吼一声，发动猛攻。它不断伸长其中一条触手，像高速旋转的电钻一般，开始猛扎胃壁。

"这是我幽门螺旋杆菌的天下！"

“啊，糟了糟了！”

“要塌了！”

1146和4989大叫一声，被怪物的触手电钻破坏的胃壁上碎屑四散，如落雨一般朝众人甩了过来。

其中一块碎石正朝着装着四小只的篮子上方落下来。不好，要是被直接砸到，它们肯定会被碾成肉沫的！赛尔不由得一声惊呼：“危险！”

他浑然忘了自己的安危，冲出去护住篮子。一块硕大的碎石砸在赛尔背上，剧痛瞬间攫住了所有的神经。他抱着篮子，倒在地上。

“细、细胞先生？！”

1146看到突然出现的赛尔，不由得一声惊呼。

赛尔极力忍住剧痛，温柔地安慰着偷偷观察自己脸色的四小只。四小只跳出篮子，钻进赛尔的怀里。赛尔轻轻地抱紧了四小只。

“呼……呼，对、对不起啊，我只是一个最普通的细胞，不能守护住你们。可是……我还是想在力所能及的范围内，帮你们的。”

这是我幽门螺旋杆菌的天下！
（呀）
你至少把这个披上
这是耐酸紬面材质的！
啊，糟糕！胃黏膜……
要塌了！
（咣当）

四小只睁着四双圆溜溜的眼睛，一眨不眨地看着赛尔的眼眸。它们似乎多多少少知道发生了什么事，眼里充斥着悲伤。

“小白，小黑，褐褐，斑斑，你们四个都是细菌，在体内世界会被杀死的。但是……还是有像我这样想的人，这一点……你们一定要记住哦……”

赛尔的意识逐渐远去，眼前的景物都变得模糊。

“其实……我想把你们送回到同伴身边去的，那样，那样才好……”

“哈哈哈，这可太稀奇了！”

赛尔的头上突然响起一道声音。原来是幽门螺旋杆菌从裂开的口子中探出半个身体，正打量着他们。

“竟然有细胞庇护细菌呢。”

赛尔的眼前已是漆黑一片，只有耳朵还能听到声音。

“……牛……”

“牛牛……”

“咦？你们这些小细菌崽儿，大爷我好像在哪里见过。在哪儿呢？啊，算了，不想了。我干脆送你们和那边躺着的细胞一起去天国吧。”

幽门螺旋杆菌的脑袋又缩回到胃里去了。

“都去死吧，胃酸地狱冲击波！”

堵住胃壁裂口的幽门螺旋杆菌让开身子，黄色的液体立刻冲了出来。

“糟糕！”

赛尔只听到1146的声音在身边响起，下一秒，身体就被人抬了起来。

咔嚓，噗嗤——

赛尔听到瓦砾被融解的声响，以及烟雾冒出来的咻咻声。他被人安置在地上，费力地半睁开眼睛。

只见胃酸所到之处，所有的东西都被溶解了，成了一潭池水，氤氲出带着酸味的雾气。1146站在赛尔身边，朝着立在池中瓦砾孤岛上的4989伸出手，想救他出来。

在翻滚的胃酸池中，还有一些趁机出来想干坏事的其他种类细菌怪兽，也被不断消融着。

看着这恐怖的景象，赛尔的心揪得紧紧的，不由得坐起身来。还好，细菌怪兽小宝宝都还在自己的怀里——啊，少了一只！

小白不见了。

“怎么会？难道说，它在胃酸池里……”

赛尔紧紧抱住小黑、褐褐和斑斑，冲到胃酸池边张望。

“牛——牛——”

就在这时，他听到一阵熟悉的声音，定睛一瞧，小白正泡在池里，精神抖擞地叫唤呢。

“啊，小白，你、你还活着？！”

赛尔、1146以及刚被救出来的4989一起惊呼道。

下一秒，只见小白的眼睛里迸出一道亮光，脑袋上冒出两个尖尖角，用锐利的目光盯着幽门螺旋杆菌。

“你想干、干什么！”

“牛——！！”

胖嘟嘟的小白以难以想象的灵敏身姿腾空一跃，鳍状前肢“啪啪啪”狠狠打向幽门螺旋杆菌。看上去明明是很小的前肢，却在幽门螺旋杆菌的脑袋上不断留下伤口，幽门螺旋杆菌的身体摇晃起来。

“那只细菌的攻击竟然能对幽门螺旋杆菌造成创伤？！”

1146 的声音中充满了不可置信。紧接着，幽门螺旋杆菌开始哀号起来。

“哇哇哇……，混、混蛋！你竟然能打伤我……你你你，难道是——”

幽门螺旋杆菌的数只眼睛齐齐对准小白。

“你难道是乳酸菌？！”

“牛——！”

小白挺起小小的胸膛，威武地应了一声。

如上所述，乳酸菌能够攻击坏的细菌，对人体而言，是有益菌。

“乳酸菌”并非某一种细菌的名字，它可以分成很多种类。这也是为什么四小只都是乳酸菌，外

表却各不一样的原因。

通过乳酸菌的作用，牛奶能变成酸奶。我们在日常生活中，可以看到酸奶及各种乳酸菌饮料的包装袋上，标示了其中含有的乳酸菌种类名称和序号。名称和序号有很多，下次你在店里购买时别忘了仔细观察一番哦。

小白向幽门螺旋杆菌连续发动攻击，十连发，二十连发……

牛牛牛牛牛牛牛牛牛牛！

牛牛牛牛牛牛牛牛牛牛牛牛牛牛牛牛牛牛牛牛！！

牛牛牛牛牛牛牛牛牛牛牛牛牛牛牛牛牛牛牛牛牛牛牛牛牛牛牛牛牛牛！！！

“混蛋……这我可吃不消，得找个地方避一避！”

幽门螺旋杆菌吃了小白的一百连发重拳攻击后，遍体鳞伤，几乎站都站不稳了。它从胃壁裂口往外挪动身躯，试图逃跑。

1146当然不会错过他的动作。

“哟，你终于肯从胃酸大海里跑出来了！”

1146从刀鞘中拔出战斗用大刀，纵身一跃。

“完、完蛋了！”

1146手下半分不留情，挥舞着大刀利落地将幽门螺旋杆菌劈成两半。

“去死吧——”

“牛——！！”

小白拽住幽门螺旋杆菌的触手，与1146配合，趁机使出致命一击。

伴随着哐当一声巨响，幽门螺旋杆菌重重地摔在了地上，再也不能动弹。

赛尔眼睁睁地瞧着发生在眼前的激烈战斗，吓得站都站不直了，啪唧一声摔了个屁股蹲。小黑、褐褐和斑斑则从他的怀中跳出，咕叽咕叽地围着他开心地跳了起来。

小白也加入进来。

“牛——，牛——。”

“牛❤，牛❤。”

“牛牛牛——。”

滚你的幽幽！
去死吧——
（咻咻）
（唰）
幽门螺旋杆——菌!!
白血球

“我们胜、胜利了，那么大的幽门螺旋杆菌……”

小白蹿到塞尔身边，一下子挂到他身上不停地撒娇。

“牛，牛牛。”

“哈哈哈哈哈，你身上还沾着胃酸呢，别蹭过来！危险哪，哈哈哈哈哈哈哈。”

1146恍惚地看着赛尔与乳酸菌小宝宝们嬉闹，这时4989走了过来。

“我说，那个细菌……”

“嗯，我也是到现在这个节点，才算知道它们到底是什么菌。”

1146走到赛尔身边。

“细胞先生，那个细菌……”

“欸？”

赛尔吓了一跳，转过身来。

“是为我们世界做出贡献的有益菌，是我们的朋友。”

1146话音刚落，咚咚咚咚咚，又是一阵地动山摇。白细胞战士们立刻做好战斗准备。

只见这次从胃壁裂口出来的，是十几只长得与小白一样的乳酸菌，只是体型要大上十几倍。

“牛？”

其中一只头上长着两个角的大乳酸菌温柔地向小白打招呼。

“牛……”

小白犹豫地回了一声。

到了这个时候，1146已经明白了事情的始末，他向赛尔解释道：

“这四个小家伙都是乳酸菌，只是种类不同。乳酸菌都可以在胃酸中存活。

“只是它们还没工作过，所以才这么小。我也是第一次瞧见这种模样的乳酸菌，所以此前没能认出来。像你现在看到的这些大家伙，就是已经活化的乳酸菌。

“四个小家伙很有可能是附在食物或什么上来到我们世界的，一旦完成活化，就能拥有强大的战力，更好地帮助我们。”

“你是说，那些大家伙，是四小只的同类？”赛尔的眼睛瞪得圆圆的，实在有点无法相信。

1146转过身去，向赛尔道别：“我要去巡逻了。”

“可、可是，这些……”

1146突然竖起一个大拇指，冲着赛尔笑了起来。他的意思是，你喜欢怎样就怎样，交给你啦。赛尔的脸上瞬间一亮。

1146等白细胞战士都离开了。很快，负责战后修复的细胞就会过来。赛尔问小白：

“你，想回到同伴身边去吗？”

“牛……”

小白点了点头，用前肢缠住赛尔的左手无名指，想要拉着他一起走。

“牛——牛——❤。”

“哈哈，我没法跟你一起哦，会被胃酸融化的。”

小白听了他的话，似乎很为难，交替地看着自己的同伴和赛尔，心里发慌。

那边，大乳酸菌们不断地叫着小白。

“牛，牛，牛。”

“……快去吧，小白。”

小白紧紧盯着赛尔，之后终于用力点了点头。

“牛。”

它叫了一声，之后转身朝着与赛尔相反的方向，冲向自己的同伴。

“要保重啊……”

赛尔拭去滚落下来的一滴泪，笑着目送小白和它的同伴远去的身影。直到小白消失在了胃部深处，他才招呼小黑、褐褐和斑斑，又把它们抱在了怀里。

“你们几个，也想见自己的同类吧。”

“牛……”

赛尔想把它们都送回到同伴身边去，却不知该怎么办才好。他一直居住在喉咙附近，没有出过远门，根本不清楚这个世界到底有多大，什么地方又有什么。

算了，还是先回家吧。赛尔打定主意后，蔫头蔫脑地往回走。正在这时，有人在边上喊他：“细胞先生，请等一下。”

赛尔吓得立刻将三小只塞进了T恤。

“啊，你是在叫我吗？”

站在对面转角处等他的，正是本该去巡逻了的1146。

1146就当没看见他刚才的动作，淡淡地说道：

“乳酸菌有很多种类，听说主要集中在各大消化器官附近。我想若是去消化器官参观的话，肯定能学到不少知识吧。以前我就跟你说过，让你多学点知识，怎么样，要我带你去吗？”

（白细胞君……谢谢你！）

因为身份的关系，1146不能大声言明带细菌四处走，只能说带赛尔去它们工作的地方参观学习，就差直接说“我就当什么都没看见”了。

“好啊好啊！”

所谓消化器官，是从人体摄取的食物中提取营

养成分进行消化和吸收的场所。倘若没有营养成分，人就无法存活下去。

消化器官主要分成胃、小肠和大肠三部分，其功能各不相同。

粗略来说，胃负责将吃进去的食物溶解成糊，小肠负责从糊中抽取出营养成分，大肠负责将剩余的残渣凝固成大便并排出体外。

奄奄一息的幽门螺旋杆菌听着赛尔与1146不断走远的脚步声。

（呼……呼……你们是想把所有乳酸菌都活着送到肠那里吗？哼，消化器官可是常与外界打交道的混沌之所呢……有细菌，也有病毒呢……）

（你、你们就等着痛苦和后悔吧，细……胞们！）

几道非常温柔的女声突然传到幽门螺旋杆菌耳里。

“哇呜，好大的细菌呢。”

“让我们快点来收拾吧！”

（是负责清理细菌尸体的清洁工，巨噬细

胞……我终于……也到了这一天啊。)

幽门螺旋杆菌的意识渐渐消散了。

b. 小肠

赛尔带着小黑、褐褐和斑斑三只乳酸菌，跟在1146身后，朝着胃的前方出发。

沿着连结胃部的巨大管道，耸立着类似食品加工厂的地方，一股好闻的香味飘了过来。

一行人从写着“参观道路”的入口走进工厂，隔着窗户向里看。

“今天也流转过来很多食物呢。”

“营养均衡，很好很好！”

烹饪科的细胞们穿着洁净的白衣服，戴着围裙，正在边工作边交谈。这里遍布管道，管道又分出一根根更细的管道，在每根细管道的最前端，聚集着一堆堆细胞。

“这里就是小肠，便当工厂。”

“便当？是那个‘便当’？”

“对的。”

赛尔吃了一惊，他从来没有想过自己每天吃到的好吃便当，到底是从哪里来的，又是谁做出来的。

“我第一次来这种地方！太神奇了！”

“我们再靠近去看看吧，这边走。”

1146开口邀请道。

“把乳酸菌藏好，一旦被人发现有异物进入，会很麻烦的。”

“好、好……”

赛尔忙把三小只塞进T恤，藏了起来。

两人来到管道网附近，这里摆放着一个硕大的集装箱，里面是叠得整整齐齐等待运送的便当。他们躲在集装箱后，看着里面人来人往。

“白细胞君，那边的大网似乎网住了什么东西，那些是什么？”

“啊，那些是被分解成食材前的营养物质，你没有见过吗？人从嘴巴里吃进来的食物，在胃部融化成糊状，然后通过一根巨大的管道输送到这里，此刻正在这面墙后面流动呢。

“那张大网，叫作微绒毛。你看，墙上有微绒毛的进出口吧？在这面墙后面，有一张巨大的微绒毛网，它可以拦截到很多很多的营养物质。

“被拦截下来的营养物质经过分解、加工，最后就变成了配送给你们这些细胞的便当。”

“原来如此！”

“人体摄取的乳糖啊、麦芽糖等营养物质在小肠处被分解成食材，看，就在那里。”

“真的欸！真的就是我每天吃的便当！”

此刻里面正在制作条状三明治和汉堡包。紧挨着他的一角，烹饪科的细胞在给已经夹好奶酪和培根的面包里放生菜和番茄。番茄酱的味道溢了出来，撩动鼻腔，赛尔发现自己的肚子饿了。

“我有个问题，白细胞君。食物从外面的异世界进来，里面应该夹杂着很多东西，万一不小心，误吸收了不好的东西，该怎么办？比如说病毒……”

“不好的东西大都已经被胃酸杀死了，所以没大碍。不过确实像你所说的，有些麻烦的家伙……”

他话音未落，就听见里面传来一声怒吼：“这是什么！这该怎么办？”

只见大网拦住了一个奇怪的东西，捞起来放在地上一看，是一个巨型嘌呤，高度到了工作细胞们的膝盖位置，而且，有好几十个之多。

“呜呜呜”，警报声响了起来。

细胞们把大网拦截下的东西倒进罐中，用管道试着将它们汲取上来，谁知管道竟然堵住了。定睛一看，罐中的嘌呤堆得像小山一般，简直都要溢出来了。

负责拦网作业的班长狠狠训斥自己的部下：“竟然吸收了这么多的嘌呤！”

“但、但是，嘌呤大量生成，我们也没有应对方法啊。”

“不要找借口！听好了，嘌呤分解后产生的尿酸一旦累积过多，便会形成长满尖刺的结晶，最后酿成大祸！”

嘌呤广泛存于动物肝脏、鱼贝干货、香菇干等食物中。

一般情况下，在负责“将食物分解，燃烧然后变成能量”工作的细胞进行代谢作业后，燃烧殆尽的物质会变成尿酸，之后通过排尿、排便又或者流汗等行为被排出体外。

然而，尿酸一旦产生过量，就无法全部排出体外。未排干净的尿酸被不小心带到细胞处，细胞潜意识认为这反正是已经燃烬的物质，就随意将其放置在一边不管，时间久了，堆积的尿酸演变成长满尖刺的结晶。之后，这些结晶用尖刺攻击细胞的家。

当细胞的家被结晶尖刺破坏后，白细胞、巨噬细胞等就会赶过来，将结晶视为敌人开始攻击，紧接着双方陷入混战。但是，因为白细胞的大刀无法伤害到结晶，所以对于细胞一方来说，这注定是一场必将失败的战斗。

免疫细胞与结晶在体内世界的战斗，会给人带去巨大的痛苦，此时人就算只是被风吹到，都会痛得跳脚，俗称“痛风”。

另外，当尿酸大量堆积于生成尿液的肾脏时，组成骨头的主要成分钙及其他物质会被一起吸附在

长满尖刺的结晶上，最后变成大石子，及至堵塞排尿用的水渠。

石子越堆越多，挤压水渠两边的墙壁，这又会给人带去巨大的疼痛。痛到严重时，人甚至无法忍受需要叫来救护车送去医院。类似这样的事情，并不少见。

“哇，他们挨骂了！”

“嗯。”

赛尔和1146躲在后面担心地看着，他T恤里面的三小只却骚动了起来。

“牛。”

斑斑从赛尔的T恤领口探出脑袋来，眼睛里闪闪发光。

“牛，牛牛——”

它高兴地叫了几声，咻的一声从T恤里跳了出去。

“哎呀，你个淘气鬼！”

赛尔伸手想抓住小家伙，斑斑却灵活地从他的胳膊下钻了出去，咻、咻、咻，轻盈地在嘌呤大山上连续几个纵跃。看它此时迅敏的身影，实在无法让人将它和那个蹒跚走路的小胖墩联系在一起。

负责拦网作业的细胞们看着嘌呤，正在小声嘀咕：

“听说万一演变成痛风，要去房子被破坏的细胞家谢罪呢。”

“谁去谢罪？我们吗？”

“啊，我可不想去。”

斑斑就在这时，“唰”的一声，闪亮登场。

“呀！这家伙是什么？！”

斑斑紧紧扒着嘌呤大山，哇呜哇呜，津津有味地啃食起来。

“牛牛——❤。”

它吃得香甜极了，下一瞬间，两个尖尖角从它脑袋上冒了出来。

旁边的细胞吓了一跳，纷纷围上来，但是斑斑一点儿都不慌张，反倒是赛尔慌得攥紧了拳头。

“哇、哇呜，这小家伙竟然在吃嘌呤！”

斑斑似乎吃饱了，小肚子圆滚滚的，满足地伸了个懒腰。

“牛，牛，牛牛。”

它甚至哼起了小调。就在这时——

“牛牛牛——！”

好多只大乳酸菌从大网进出口纷纷跳到罐中。它们的脑袋上都长着角，身上的纹路和斑斑一模一样。

“欸，欸？”

“哇——”

细胞们乍一看，吓得都站不住了。赛尔也头疼地捂住了脑袋，完了，斑斑肯定要被骂了。

然而……

“牛？”

“牛牛牛——❤。”

大乳酸菌们也发出欢快的叫声，圆溜溜的眼睛闪闪发亮，开始扒着嘌呤大山大吃特吃起来。

“欸？它们只是来吃嘌呤的吗？”

“它们好乖哦。”

怎么回事？
填饱肚子了，高兴吗？
（哒哒哒）
欸欸？？
牛～～～♪
（哒哒哒）
哇——?!!
牛？
牛～～～♡
（唔哇）
哇——

“好像不是怪兽呢。”

负责的工作细胞们都眉开眼笑起来。

“这可太好了。”

“乖，把这边的也全吃完吧。”

看上去细胞们都很欢迎这些乳酸菌，赛尔暂时放下了心，对 1146 说：“好厉害，它们吃得好快呢！”

“是啊，这正是它们的特技。”

赛尔与 1146 相视一笑，小黑和褐褐也从 T 恤探出脑袋，看上去很为斑斑高兴。

不同种类的乳酸菌有不同的绝招和特技。赛尔佩服极了。

（乳酸菌可以和所有人都成为好朋友呢，真了不起。）

1146 接着向赛尔解释道：“不同种类的乳酸菌通过自己的方式，与体内细胞愉快地相处，这叫作共生。对于这些白底黑斑的乳酸菌来说，小肠或许是很适合它们居住的场所。”

“嗯。”赛尔转头叫了一声斑斑，“斑斑！”

“牛？”

斑斑转过头来，鳍状的前肢热烈地挥舞着。

“牛牛！”

斑斑一边挥动前肢，仿佛在和赛尔告别，一边扑向同伴的胸口。

“斑斑，你要保重哦！”

赛尔为斑斑找到了同伴感到高兴，只是心中隐隐地又有些落寞。

从小肠的便当工厂出来后，赛尔和1146继续前进。小肠工厂结构复杂，九曲十八弯，据说占地十分之绵长，所以，他们抄了近道，沿着水路一直往前走。

说起人类小肠的长度，那可真不得了，成年人的小肠有七米多长，折折叠叠排布在人体腹部。而且，小肠不是光滑的管状或隧道，其内壁上遍布环形皱襞，每道皱襞又都是凹凸不平的。倘若将这些

环形皱襞全部掸平，铺展开来，面积应该非常可观。

皱襞上的突起被称为小肠绒毛，其表面遍布着名为微绒毛的大网，用来捕捉营养物质。

赛尔了解了更多关于乳酸菌的知识，内心激动不已。

“天哪，乳酸菌真的好有用啊。这些家伙太厉害了！”

他隔着 T 恤，小心地抱紧里面的小黑和褐褐。

1146 淡淡地说道：“不要太开心，细胞君。虽说确实有用，但是细菌总归是细菌，这个事实永远不可能改变。一旦发现它们有什么异常，必须马上采取措施。另外还有，绝对不能让别人看见它们，听到了吗？万一被其他免疫细胞发现，我也没办法护住……呃！”

“噔噔噔——，手上的乳酸菌啊，头上的乳酸菌！”

赛尔把小黑顶在脑袋上，把褐褐放在手掌上，故意凑近逗 1146。

“小家伙肉嘟嘟的，很可爱呢，白细胞君，你也来摸摸看啊。”

就在这时，从远处响起受体叮咚的警报声。周围似乎有正在巡逻的其他白细胞。

“白、白痴，快藏起来，你是想它们被杀掉吗？”

1146 一把推开赛尔跑远了。

“等等，不要生气嘛！”

赛尔跌跌撞撞地往前追，一个不稳，褐褐掉进了水里。哗啦一声，赛尔立时慌了。

“啊啊啊？！”

“牛牛……牛？”

上一秒还在赛尔身上呢，下一秒却在水里，褐褐不可思议地眨了眨眼睛。

“褐褐——”

赛尔把小黑往地上一放，赶紧跳进水中。水比他想的要深不少，一直到赛尔的胸口位置。

“快停下——”

“细胞君！”

眼瞅着褐褐随着水波漂至水渠分叉口，流向隧道支流。支流入口处有个栅栏，再前面就是漆黑一片的隧道。

“褐褐——！”

赛尔从栅栏缝中伸长手臂，却是没能够到褐褐。他看着褐褐几乎要沉下去了，不断用前肢拍打水面，身影渐渐消失在漆黑一片的隧道中。

“牛……”

只听褐褐的叫声越来越远，越来越弱，最后夹在哗啦哗啦的水流声中再也听不见了。

“褐褐被冲走了！褐褐，褐褐！”

“细胞君！”

1146 见状，也跳进水里，紧紧抓住焦急的赛尔的肩膀。

“白细胞君，怎么办啊？它这么小一只，太危险了，我们必须马上去找它！”

“但是……世界这么大，不知道它流到哪里去了。”

“对了！白细胞君，你马上和其他免疫细胞联络啊。跟他们说，看见褐褐后千万不要杀它。”

就在赛尔紧紧缠住1146的时候，水量突然增大，浪也大起来，两个人快被淹死了。赛尔心里一慌，下意识地挣扎，结果脚下一打滑，脑袋就沉进了水里。

“唔……噗噗噗……”

一个人用力拽住他的肩，赛尔哗啦一声钻了出来，终于又可以呼吸了。接着，就着这个姿势，他被送回到了岸上。原来，是1146救了他。

两个人一起趴在岸边，大口大口地喘气。

“谢、谢谢啊……求你了，快点和你的战友联络吧。”

“对……对不起，这个要求我无法答应你。”

“为什么？”

1146看上去真的很歉疚，声音中也透着悲伤：

“我们中性粒细胞，与巨噬细胞等不同，没有办法与自己同类之外的免疫细胞联络。所以，我不可能跟他们说，那是有益菌，请你们不要攻击它。”

“只希望它的运气足够好，对方发现它的时候，能知道它是有益菌。……对不起。”

赛尔绝望了，“啪”的一声用手撑住岸边路面。在一旁避难的小黑担心赛尔，靠了过来。

“牛牛——？牛牛——。”

赛尔抱起小黑。小黑肉弹弹、软乎乎的，而且胆子小，很容易害怕。他把小黑轻轻地塞回T恤里。

“什么啊……最后还是会被杀死。白细胞君，你明明知道的……它不是坏细菌……”

“我知道，但是……”

“就算是它……就算是它，肯定也想为这个世界努力做贡献的！你们竟然要杀死这样的它，免疫细胞都是混蛋！！”

“那……那是我的……”

“那是他的工作。”

1146嗓子发紧，没能说完，却有另一个声音替他说了出来。干脆利落，十分坚定，是一个小姐姐的声音。

“这个声音……NK细胞？？”

一个身影从他们的脑袋上方跳下来，她穿着黑色背心和卡其色短裤，脚上套着一双卡其色长筒靴，看上去帅气无比，右手则揣着一把出鞘的军刀（一种单手使用的刀）。

“哟，好久不见，中性粒细胞。”

“啊……啊。”

小姐姐怀疑地斜睨着赛尔。啪嚓啪嚓，坚硬的长筒靴后跟踩在地面上，她一步步走了过来。

“在我非常认真工作的当口，你说了让我无法置之不理的话呢——也不知道你是不是故意的。”

军刀的尖端“唰”的一声，紧紧贴住赛尔的咽喉。即使在昏暗的光线中，锋利的刀刃仍燃起一道光，赛尔吓得忍不住发起抖来。

“一定要我明明白白地告诉你吗？没有我们免疫细胞，你们这些细胞，一个不落地会全都死光呢。”

“NK，不要再说了！”

1146 插进话来，这位叫作 NK 的小姐姐放下了手中的军刀。

“顺便介绍一下，我是自然杀伤细胞，俗称 NK，是可以自行判断、杀死细胞的杀手。独行侠

NK细胞
NK细胞
（自然杀伤细胞）
在身体各处巡逻，一旦发现癌细胞、被病毒感染的细胞就会进行攻击。
好久不见
在我非常认真工作的当口，你说了让我无法置之不理的话呢——
スタッ
唔哇……
也不知道你是不是故意的。

淋巴细胞，说的就是我。你可要好好注意自己的言行哦，小细胞……”

（呃……淋巴细胞？啊，那是和杀伤性T细胞一样的军人。但是，军人不是无指令不可出动吗？怎么这个小姐姐说可以自行判断杀死敌人呢？难道她和白细胞君是一样的？）

不管怎样，总之是个很恐怖的杀手，安全起见，绝对不可以惹到她。

（说着话就把刀往人身上招呼，简直太凶残了。还有那个只会说“就地斩杀”的杀伤性T细胞班长也是，难道说免疫细胞全是这样的家伙？！）

NK细胞斜睨了一眼1146，似乎对他很无语。

“还有中性粒细胞君，你也真是的，又和普通细胞亲亲热热地玩过家家了。听说，前段时间杀伤性T细胞因为这事把你揍了？”

她的声音很冰冷。

（哇，好可怕。祸祸，你自求多福，千万别被这些家伙抓到啊。）

1146有些难堪地移开视线，但是NK细胞紧追不舍地继续问道：

“话说回来，你们俩在这里找什么，还跳进了水里？”

“啊，没什么……不是什么重要的东西。”

1146 敷衍道，但是 NK 细胞的眼睛里充满了探究欲。

“欸，不是什么重要的东西？可我看你们找得很积极嘛！”

赛尔在一旁听得心惊胆战，用力按住 T 恤，心里一个劲地祈祷：小黑，这时候你可千万不能叫啊……

NK 细胞紧紧盯住赛尔的手，就在这时——

“小肠附近发现病毒！”

附近的广播突然插进来一则紧急新闻。1146 与 NK 细胞吃了一惊，迅速握紧手中武器，做好对敌准备。

“推测为流感病毒，有被感染的风险。请在附近的免疫细胞，即刻赶往现场！”

1146 与 NK 细胞表情严肃，互相对视一眼。

这时，赛尔在水路交叉口的墙壁对面似乎看见了一个说不上是褐色还是红色的圆东西。

“难道是褐褐？！”

赛尔不及多想冲了上去，却生生停在那东西十几步开外的地方。

不是褐褐，那是一个气色不太好的普通细胞，他戴着一顶有着奇怪花纹的帽子。刚才，赛尔就是把帽子误看成了褐褐。

（欸？这个是……）

这样的脸色和帽子，他永远都不会忘记……

“被病毒感染的细胞——僵尸在那里！！”

僵尸的帽子上长了许多小小的尖刺。

1146 闻声转过来，并立刻高声道：“发现抗原！发现流感病毒！”

叮咚——，叮咚——，受体的警报声此起彼伏。1146 把赛尔一推，让他去边上躲着，另一只手已经抡起战斗用大刀。

而早在 1146 飞扑过去之前，NK 细胞已经从背心里抽出一把匕首型飞镖掷了过去。

没想到的是，流感病毒僵尸竟然用手指夹住飞镖，并在下一秒又扔了回来。

1146 下意识地举刀迎击，结果，刀断了。

“怎、怎么会?！太强了！”

1146 惊得目瞪口呆。被推到一边的赛尔则维持着屁股蹲的姿势，一动也动不了。

僵尸冷笑一声，胳膊突然蓄力。嘎吱嘎吱嘎吱，只见它的胳膊逐渐变得越来越粗。

“这……不对劲！”

1146 抽出另一把备用刀，做好迎敌准备。NK 细胞也再次握紧了军刀。

激烈的战斗开始了。僵尸凭借着粗壮无比的胳膊，将 1146 与 NK 细胞的攻击一一反弹。它的胳膊仿佛变成了铜墙铁壁，就算是锋利的刀刃，也无法在上面留下半点痕迹。

“怎、怎么回事……”

1146 逐渐被压制住，几乎退到了墙边。

这时，有两种脚步声逐渐逼近。

（这两个……是在训练场上经常看到的蓝

嘻嘻——!!
（唰唰）

衣服！）

来人正是赛尔也曾见过的老熟人。

“我们来支援啦！”

B 细胞一如既往，还是端着他的抗体武器。这次的武器样式是药剂喷射枪。在他身后，跟着一个穿着黑衬衫、灰背心，戴着紫色领带的年轻人。

“让你们久等了，记忆细胞抵达现场！”

记忆细胞的工作是记录免疫细胞与病毒的作战过程，并以此为依据思考下一场战斗用的作战方针、武器等。

B 细胞威风凛凛地大喝一声：“不管是什么病毒，只要有我的抗体在，统统一网打尽！病毒僵尸，去死吧！”

啪啪啪啪啪啪！

从抗体枪中不断射出特制的药剂。在药剂的高压冲击下，僵尸再也站不稳了。

啪啪啪啪啪啪啪啪啪啪啪啪！！

药剂源源不断地喷出，令人都看不清对面的僵尸。B 细胞见状，不禁得意起来。

“哟嘿，很快就能消灭……嗯？”

药剂落到地上渐渐消失不见，紧接着，被水压打倒在地的僵尸若无其事地又站了起来。它扯了扯嘴角，露出一抹阴沉讽刺的笑。

“欸……？”

B 细胞有些不知所措，1146 与 NK 细胞也露出了惊讶的表情，赛尔隐隐感到一阵不安。

（出了什么事？）

僵尸往前迈了一步。“啊！”一直在后方观察战况的记忆细胞突然大叫一声。

B 细胞转过脸去：“记忆细胞？”

“啊……心脏……”

啪嗒一声，记忆细胞摔在了地上。

“记忆细胞！你怎么了？！”

“记忆细胞！！”

B 细胞和 1146 不停呼唤着记忆细胞，而 NK 细胞没有放松丝毫警惕，依旧紧紧盯着僵尸。

1146 抱起记忆细胞，只见记忆细胞脱口而出道：“没用的……这个世界要完蛋了！”

（怎么可能！）

赛尔吓了一跳，B 细胞和 1146 却是颓然地互相看了一眼，小声道："又犯病了。"记忆细胞没有管他们，继续严肃道："大家快逃……这不是我们能够对付的。就像星子总会爆炸，最后重归于宇宙的无尽黑暗之中……"

"记忆细胞，长话短说！"

"B 细胞，那个流感病毒怪兽不是我们能够对抗的，你仔细观察那家伙的模样！"

"模样？"

"不就是常见的僵尸吗？"

B 细胞和 1146 都疑惑地歪了歪脑袋。

"你们仔细看病毒的头部。"

"头部？"

记忆细胞蓦然起身，指着僵尸的帽子。

"快看！那不祥的尖帽子，和以往的都不一样。啊，这说明病毒变异了！！"

记忆细胞抱住脑袋，开始不停打滚。

"我们已有的作战方式和武器，都无法对抗

它！这个世界要完蛋了！”

“真的假的？”

“变异了？哪里变异了？”

B细胞和NK细胞都怀疑地打量僵尸，1146也严肃地盯着它。

“啊！是有一点点不同……”

“才那么一点，我们怎么可能发现？！”

1146与NK细胞似乎终于明白了记忆细胞说的意思，颇为无奈地重新进入战斗准备状态。

在免疫细胞仔细观察的时候，赛尔好不容易又站了起来，藏在1146身后。他问道：“白细胞君，人不是偶尔都会得流感吗？这次为什么这么紧张，很严重？”

“是的。如果是以前见过的病毒种类，因为我们对它已有所了解，所以能够及时有效地消灭对方。但是，如果是不同种类的病毒，也就是变异后的抗原，那么事情就完全不一样了。我们对对方一无所知，不知道它的优势和劣势，也就无法做出有效的还击。”

“这样啊……”

事情发展到现在，似乎变得很麻烦。

“所以，倘若让这家伙继续嚣张下去，就有可能形成细胞被大面积感染的局面！”

B 细胞让正在对赛尔解释的 1146 向后退，再次端起抗体枪，瞄准僵尸。

“妈的，气死我了。我就不信了，多打几下，总能打倒的！看我的吧，僵尸！”

B 细胞更换了喷头，以最大容量喷射出药剂。

啪啪啪啪啪啪啪啪啪啪啪！

然而，僵尸只是将两只胳膊交叉挡在身前，就挡住了 B 细胞的猛攻，并不断迫近。

“不行啊，抗体对它无效。”

屋漏偏逢连夜雨，这时周围的墙壁被凿穿，又跑进来十几只僵尸。1146 迅速将赛尔掩护住。

僵尸们将赛尔一行人团团围住，欲欲跃试着想要一起扑上来。

“这样下去不行，我们先转移到广场上，再和它们决一死战吧！”

赛尔被 1146 拽住胳膊，也跟着转移阵地。NK

细胞用身体挡住正面冲过来的一只僵尸，奋力杀出一条血路。记忆细胞和 B 细胞则共同向前进。

与此同时，褐褐在一个温暖的地方惬意地睁开了眼睛。

它伸了个懒腰，猛然想起之前的事情，赶紧打量四周。这是一个完全陌生的地方，而且一直好心陪在身边的那个普通细胞少年也不见了。

“牛？牛？”

这儿是什么地方？褐褐着急地左右查看，突然一个青年的身影映入眼帘。他穿着明亮的绿衬衫，戴着黑领带，绿色的帽子上还支着一根枝丫似的天线。

“哟，你醒了？早上好啊，乳酸菌！”

青年微笑着，看起来不像是坏家伙，可是，他不是普通细胞少年啊。褐褐迟疑了。

“牛——？牛……”

你是谁？褐褐试着问。这是一栋用木头建造的房子，窗外则是茂密浓翠的枝叶。屋子里竖立着好几个书架，书架上摆满了一本又一本的影集。

褐褐被安置在书桌上的一个篮子里，绿衣服青年俯下身与它面对面。

“你之前倒在了外面排水沟附近，是我把你捡回来了哟。”

青年还拿出一张照片给它看，像展示证据似的。

“我不知道你身上发生了什么事，但既然来了，可以在这里休息一会儿。”

“牛。”

褐褐点点头，绿衣服见状，不由得笑了起来。

“我是树突状细胞，初次见面，请多关照啊。你要吃曲奇吗？”

绿衣服青年——树突状细胞将曲奇碎块送到褐褐面前。曲奇散发着诱人的香味。

“牛——❤。”

褐褐道了谢，捧着曲奇咔嚓咔嚓地大口吃了起来。吃着吃着，它的头上突然冒出了两粒尖尖角。

看到褐褐安心地吃着曲奇，树突状细胞拿出望远镜，开始仔细观察起窗外的情况。远远地传来战斗的声响，不过褐褐一点儿都不关心。

美美地吃完一顿，褐褐就躺在书桌上摊开的书本、报纸上打滚玩耍。

树突状细胞突然弯下身问："小乳酸菌，你还要吃曲奇吗？"

"牛！牛——❤！"

嗯！想吃——❤！褐褐响亮地回答。

"呵呵呵。那么，作为曲奇的回礼……"树突状细胞又递过来一勺曲奇碎块，微笑着说，"我有件事希望你能帮忙呢。"

"牛？"

帮、忙？褐褐不太明白。帮忙，是什么东西？能吃吗？？

小肠的便当工厂上耸立着许多幢建筑，建筑与建筑之间有一座广场。此刻，赛尔一行人正在广场上拼命奔跑。他们不时扭过头观察，对紧追不舍的僵尸们迎头痛击。

只是，他们的攻击没有半点效果，僵尸们随手拆下路过的建筑物的砖墙当作武器，向赛尔他们扔了过去。

从水路那边，源源不断地又过来好多只僵尸。为了应对僵尸们扔过来的砖瓦，1146 和 NK 细胞都无法靠近共同御敌。

"混蛋！射死你！射死你！射死你！"

B 细胞唰唰唰地不断喷射着药剂，可是僵尸们毫不在意。到了后来，最后一滴药剂也射完了。

"药剂罐空了！我必须紧急更换上预备罐！"

就在 B 细胞卸下背上的药剂罐、蹲下身的时候，僵尸们一拥而上。站在 B 细胞身后的赛尔不禁尖叫起来。

"啊！白细胞君！"

"快让开，普通细胞！"

NK 细胞强势插入僵尸军团与 B 细胞之间，大力挥动手中的军刀，然而只听见咻咻咻几声军刀砍空的声响，仿佛压根不曾命中一般。僵尸们轻巧地穿梭在刀锋之间，不断发出嘿嘿的冷笑声。

“天哪！这速度也太快了！”

B 细胞懊恼地吼道。

“怎么回事，NK？我和中性粒细胞暂且不说，你不是专门斩杀感染细胞的专家吗？怎么全砍空了?！”

NK 细胞下意识地想要回嘴，却突然丧气起来。

“闭……闭嘴啦……”

NK 细胞干脆停下进攻，眼里泛着泪花，闹起脾气来。赛尔在一边看得着急死了。

“欸？NK 小姐……”

1146 的大刀攻击也都无效，怎么砍都砍不中。他似乎累了，肩膀不断上下起伏，大口喘息着。

就是现在！僵尸们似乎等这一刻等了很久，纷纷从帽子尖上喷出烟雾。之后，它们排成一列，开始绕着赛尔一行人转圈。

“这是……什么？”

“它们要干吗？”

乍看到这莫名其妙的动作，赛尔和B细胞不由得面面相觑。

随着僵尸们不断快速地跑动，从圈子中心凭空生起一股飓风。

呼——，飓风越来越大，以不可抵挡之势袭来，赛尔根本无法站稳。

它在广场正中央愈演愈烈，最终成了龙卷风。

“天！它们竟然弄出了龙卷风！”

1146惊叫道。

病毒僵尸制造出的龙卷风，会使人体感到腹痛。

龙卷风肆虐，破坏周围工厂里的各个建筑物，围墙都被吹走了。

“龙卷风来了！大家快跑啊！”

“要被卷走了，啊——！”

在工厂里上班的细胞们，在建筑之间修路的血小板们，在路上送货的红细胞们，眼看着自己就要被龙卷风裹挟进去，不由得发出一声声惨叫，拼命逃窜。

赛尔看着不断靠近的细胞和龙卷风，心里害怕极了，试图后退逃跑，却被逐渐迫近的狂风扇得根本站不稳，一不留神直接摔在了地上。

“好痛！”

他的T恤被风掀起，小黑被裹进了风里。

“啊！”

赛尔赶紧伸手去抓，可惜没能抓住。

“牛牛？牛牛牛牛？”

小黑被风吹得在空中乱舞，下意识地拍打前肢想要固定身体，可是没有半点作用。

“小黑！”

大风击打着后背，两只脚几乎缠在一起，赛尔依旧用力挣扎着，拼命追逐正在空中飞舞的小黑。小黑似乎也怕了，尖叫起来。

“牛牛——牛——牛！”

“小黑！！”

赛尔用尽吃奶的力气向前追赶，却绊了一跤，又摔倒在地。

“好疼啊……小黑呢？！”

一道白色的身影越过赛尔。

“好好保护它！”

1146纵身一跃，伸手紧紧抓住了小黑。他的肩膀上还挂着一个血小板女孩，她似乎刚摔过一跤，看上去快要哭了。

1146背着女孩，又拽住赛尔，一边掩护着B细胞，一边向建筑物背面跑去。NK细胞此刻呆呆地站在不断生成飓风的僵尸圈边上，也不知道在想什么。1146高声叫她："NK！现在近身作战不行，快离他们远一点儿！"

"像……像流、流感病毒这些杂碎……"

NK细胞还是感到别扭，低着头，呆站着 。风吹乱了她的头发，发梢不住地扫着她的脸。

"无法忍受……为什么我……杀不死这些杂碎！"

咯噔一声，NK细胞膝盖一弯，狠狠跌坐在地面上。

"我不要……"

她的双手骤然失去了力气，军刀柄从手中脱落。

B细胞转过头问："NK，你怎么了？你是讨伐

好……疼，
乳酸菌……
（呜呜呜）
好好保护它！
（啪）
白血球君!!
帮我捡回来了！
NK！现在近身作战不行，
快离他们远一点儿!!
啊……
（哐）
嘻嘻，嘻嘻嘻嘻
嘻嘻，嘻嘻嘻嘻……
（哈哈哈）

感染细胞的主力啊！”

1146心头一紧：“NK，你难道是压力过大导致的萎靡吗？”

“……那是什么？”赛尔问。

1146解释道：“那家伙如果一直开心一直笑，就会充满活力，且战力巨强，相反，一旦长期承受‘我做不好’这种消极的情绪，导致心理压力过大，战力就会随之变弱。”

NK细胞享受与敌人作战的快感，但她同时很情绪化。

倘若一个人可以长期做自己喜欢的事情，每天欢笑，每天保持着乐观的情绪，则体内的NK细胞也会跟着变得很有活力，不断打倒敌人。有时候就算不实际动手，光是想象一下开心的画面，都能达到这个效果。另外，不致过分疲劳的轻度运动也有同样功效。

相反，当一个人碰到不开心的事情、悲伤的事情，情绪消沉时，NK细胞会立刻丧失战斗的精

力。只消几分钟的压力，就能彻底摧毁 NK 细胞的活力，使其在面对敌人时再无还手之力。

只有保证 NK 细胞长期充满活力，人体才不会生大病。

“我明明是天生的杀手，却……杀不死那些……真的好讨厌……我受不了了……”

NK 半伏在地上，小声地呜咽。龙卷风不断迫近，她却一动不动，眼看着就要被卷走了！

1146 把背上的血小板放下来，让她往自己同伴那边跑，紧接着转身去救 NK 细胞。B 细胞紧随其后。

“NK，打起精神来！”

“我说 NK，你要是倒下了，谁来阻止这些僵尸？”

赛尔可不敢独自待着，把小黑往 T 恤下一塞，紧紧压住，也往 NK 那边跑了过去。

NK 细胞开始小声抱怨：“刚才，我看中性粒细胞被普通细胞那小子说了那么多有的没的，就帮他说话，可是……可是中性粒细胞反而生我的气了。”

“欸？是、是吗？对不起，NK，我当时没意识到。谢谢你的好意！”

1146使出浑身解数激励NK细胞。

“NK，不要丧失信心。我们是专业的！我们都有独属于自己的技能，只要齐心协力，共同抗敌，总会胜利的。你要拿出干劲来！站起来！站起来，动起来！！”

“NK，我们一直在这里是很危险的！”

“NK细胞小姐……”

B细胞和赛尔也加入了鼓励NK细胞的行列。

呼，一张照片突然乘风而来，恰好落在NK细胞的膝盖上。NK细胞扫了一眼，整个人突然僵住了。

“咦？？”

所有人都盯着那张照片。

照片中是少女时代的NK细胞，她穿着一件哥特萝莉风的裙子摆出十分可爱的姿势，裙子上还缀满了蕾丝边和绸带，与她如今酷帅的着装和性格，完全是两种风格。

“啊啊啊啊啊啊啊啊——”

NK 细胞哀号一声，脸色通红地抱住自己的脑袋。

“怎么了？你好点了吗？”

“呀！你们都不准看！！”

她一拳打飞正在偷看的 1146 和 B 细胞，攥紧军刀，身上骤然爆发出惊人的气势，披头散发地猛冲进僵尸圈中。

来一只砍一只，只见 NK 细胞抡起军刀，对僵尸展开无差别攻击，一旦砍中，就尽全力劈下去。

很快，地上就堆起十几只僵尸的尸体。

赛尔捡起飘落在地上的照片，目瞪口呆，不知道该说什么才好。

（这是怎么回事啊？）

被揍倒在地的 1146 和 B 细胞也疑惑地呻吟：

“N……N……NK？”

“你的宝贝军刀上，都有裂纹啦！”

(呵呵)
怎么了？
啊——

NK 细胞听到声响，突然一惊又冲了回来，一把拽过赛尔手中的照片，团了几团直接塞进嘴里。

她一边用力咀嚼，一边小声念叨着什么，眼睛发直，看上去非常吓人。

“我要把看过的人，全部杀光……我要把看过的人，全部杀光……到底是谁，竟然带着……这东西！”

努力一抻脖子，NK 把照片咽了下去，眼睛里闪闪发光。在刚才的战斗中被砍出裂纹的军刀也唰地亮了一下，很快又恢复了原样。

“NK 活化了？！这到底是怎么回事……”

1146 心头疑惑，却听到不知从哪儿传来一阵呵呵呵的笑声。他转过头去，看到广场一隅的树枝上，正站着一个浑身穿金戴银、闪闪发亮的衬衫男，看上去仿佛重金属乐队的主唱一般。

“……树突状细胞？？”

“褐褐！”

赛尔没有漏看坐在衬衫男肩膀上的褐褐，而且，褐褐的脑袋上还冒出了两只尖尖角。

平时，树突状细胞主要担任通信员角色，他从巨噬细胞处得到“发现抗原，其种类是……”的联络信息，之后将信息相应转达给辅助性 T 细胞、杀伤性 T 细胞、B 细胞等。此外，他还有个恶趣味——他抓拍并收集了很多免疫细胞年轻时的照片，而那些年少时的光荣，都成了现在的黑历史。

此前，树突状细胞在家里，透过望远镜看到流感病毒在小肠广场上大逞特逞，逼得细胞节节败退，于是做了一个决定。他向自己偶然救助并送出曲奇的褐褐提出了一个请求。

“你能把角送给我吗？”

“牛？”

“不好意思啊。”

吧嗒一声，他折下褐褐头上的一只角，但下一秒被折断的地方又长出了一只新角。角里面盛满了黏糊糊的液体。

“牛！牛！”

褐褐先是看到绿衣服折断了自己的一只角，还没等惊讶呢，立刻又长了出来，心中奇怪极了。不过树突状细胞并未理会充满疑惑的褐褐，而是将角里面的液体一饮而尽。

紧接着，树突状细胞全身开始闪闪发光，身体也变了模样——

“谢谢你啊，乳酸菌。多亏你产生的多糖体，我才时隔许久再次活化了呢。”

“树突状细胞，你这个样子……”

B 细胞的眼睛瞪得圆圆的。

在 NK 细胞无差别攻击下生还的僵尸又开始跑了起来。新产生的龙卷风再次向大家逼近。

（又开始了！完了完了，这次我肯定会被吹走的！）

赛尔急得不知如何是好，朝着带褐褐过来的树突状细胞、已经完全惊呆的 1146 和 B 细胞、还在不断念叨“通通杀光”的 NK 细胞嚷道：“龙卷风又来了，大家快跑啊！”

树突状细胞听到他的话，微微一笑，将褐褐扔了过来。赛尔手忙脚乱好不容易才接住了。树突状细胞接着说道："各位小伙伴，今天的敌人很强大呢！所以，今天，请允许我也在后方参加战斗，支援大家吧！"

他说着，抽出两张照片。照片在风中飞舞，啪的一声，分别紧贴在 1146 和 B 细胞的脸颊上。

"请看一下各自手上的照片。"

嗯？两人从脸上扯下照片看了起来。

"看看以前的老照片，回忆起你们的初心吧！"

"呀啊啊啊啊啊！"

1146 和 B 细胞都赤红着脸，发起抖来。

树突状细胞将事先掩在树叶下的纸箱拿了出来，小心捧住。

"说老实话，这种威胁人的事情，我也不想做呢。"

"那就别做啊！" NK 细胞怒吼道。

"可是你看啊，我这样做了，大家才能更努力地去战斗啊，不是吗？所以我啊，呵呵呵，也只能比平时更加努力喽。"

树突状细胞怀里的纸箱上，写着“细胞因子”几个字。

1146、B细胞和NK细胞看到后，脸色由红转白，大声叫嚷，拼命阻止道：

“我会努力的！这种东西，你不用拿出来，我也会努力的！”

“我不是都活化完成了嘛，这种东西就不要——”

龙卷风正不断迫近，僵尸们都盯着这边，这几个人却还在吵吵闹闹……赛尔急得要上火，树突状细胞不但完全不受影响，反而情绪愈加高涨，提高声量道：

“那么，各位，让我们来活化吧。”

唰唰，纸箱中的东西都倒了出来。

原来里面是数也数不清的照片，清晰而残忍地记录了免疫细胞们的黑历史。它们随着龙卷风四处飘扬，仿若雪花一般飘洒在小肠工厂上。

照片中，有人裹着绷带，戴着眼罩，摆出十分中二的造型；有人拿着一张插画，嚷嚷着“这是我想出来的最强免疫细胞”；有人考试没及格，被教官狠狠批评了；有人在体育馆后的打架中输了，偷偷掉下眼泪；一群男生试图偷偷闯进女生宿舍，却被抓包了；有人穿着白衬衫，口里衔着一朵鲜花，正在耍帅；女生们半夜三更聚在一起，穿着睡衣，讲述自己的恋爱史；有人将情书偷偷塞进心仪对象的鞋柜里；有人告白没被接受，化悲伤为食欲，开始大吃特吃……

从工厂的角角落落里，不断响起众多免疫细胞的哀号声。

"啊啊啊，好丢脸——"

"不要啊，饶了我吧！"

"别再丢出来了！"

"这绝不是我！哪里来的莫名其妙的照片，竟然长得和我一模一样……我不管，不是我，绝对不是我……"

"呜呜呜呜呜呜！"

B 细胞装着药剂的密封舱瞬间变成了导弹，连续发射出去，1146、NK 细胞以及其他聚集过来的免疫细胞也都变换了神色，比平时更加锐利，激发

让我们来
活化
（拿出干劲）
——吧♡

那么，
各位，
提高免疫力
树突状细胞活化后产生细胞因子，该细胞因子能够促进 NK 细胞完成活化、产生针对特定病毒的抗体。

出体内全部的潜力，向着僵尸军团挥舞大刀，饱以老拳，予以飞腿。

哇哇哇，咚咚咚咚咚，梆梆——，乓！

只见小肠战场上，到处都是僵尸们被打倒的身影，到处都飘荡着僵尸们被击溃的惨叫声。

有多种乳酸菌能够分泌出一种叫多糖体的物质，它能够为免疫细胞提供活力。当免疫细胞完成活化变得有活力后，就能比平时更有效地抵抗感冒、流感等病毒。

其中，就有一种乳酸菌产生的多糖体能使树突状细胞完成活化。

树突状细胞在发现敌人后，向其他免疫细胞喷射细胞因子。

细胞因子中携带了能促使细胞活化、提高人体免疫力的物质，同时它还能向免疫细胞传达敌人的弱点等信息，使得战况有利于己方。

免疫细胞们总是这样，互相交换信息，协同作战，共同抵御敌人。

就这样，大家再一次守护住了体内世界。

赛尔看着瞬间变幻的战场，只觉得莫名其妙，呆呆地躲在树下避难。树突状细胞向他解释了一番，他才终于明白过来到底是怎么回事。真的很幸运呢，褐褐遇见的是知晓它作用的树突状细胞。

赛尔轻轻地摸着褐褐的头。

“原来是这样啊，因为你帮助树突状细胞完成了活化，所以树突状细胞才能拿出这么些让大家恼羞……让大家变得勇猛强大的照片啊。”

“是的呢，全靠这个小家伙分泌的多糖体。”

“褐褐，也就是说，多亏了你，大家才击退了可怕的流感病毒！”

“牛？”

树突状细胞送给褐褐一小盒曲奇，此刻褐褐正开心地抱着它。

“小小一只，却做出了这么大的贡献。你好厉害呢！”

“牛❤！”

褐褐似乎还是不太明白，但听出来赛尔是在夸自己，就高兴地叫了一声。这时，小黑也从赛尔的T恤下钻了出来，抱着好久不见的褐褐手舞足蹈。

“你们比我要厉害多了。我害得褐褐掉进水里，还害得小黑被龙卷风吹走……我让你们担惊受怕了，对不起啊。”

树突状细胞靠近直通广场边的水渠，轻声说：“看，有人来接它了。”

话音刚落，水渠中漾起巨大的浪花，两只已经活化的褐色大乳酸菌出现在眼前。它们长得和褐褐一模一样，脑袋上各顶着两根角。

“哟，是它的大伙伴呢。”

树突状细胞用钓鱼线绑好曲奇，垂进水中，招引它们过来。曲奇正是褐色乳酸菌很喜欢的食物。

“牛牛——！”

两只大乳酸菌看到褐褐叫了起来，似乎正在打招呼。

“牛！”

赛尔向褐褐道别：“我们在一起的时间不是很

长，今天就要说再见了。你一定要健健康康的哦。”

褐褐抱紧曲奇小盒子，它的同伴向它伸出前肢。赛尔抱着它，把它放了上去。

“牛牛！”

褐褐似乎在说拜拜，又挥了挥前肢，之后与两个同伴一起，向着水渠下游游去，很快进了隧道，再也看不见了。

赛尔把最后一只小黑塞回T恤藏好。此时，1146和他的白细胞战友们也都从战场上回来了。他的战斗服变得破破烂烂，脸上却洋溢着战斗胜利后满足的神情。

“细胞君，你还好吧？就剩最后一只了。”

“啊，嗯。那、那个，白细胞君……”赛尔向1146低下头，“刚才在水渠那边，我骂了你‘混蛋’，对不起。你特地一路陪着我们过来，我却说了这么戳心的话。还有，小黑被龙卷风刮走，也是你及时救回来的，我真的很高兴……谢谢你！”

一直以来总是神色淡淡的1146也微笑起来。

“不……是我吓着了你，还没帮上什么忙，非常对不起。”

“哪有。”

1146害羞地转过脸去，一把拽下帽檐挡住自己的脸。

“另外，你不要觉得是我在陪你，给我造成负担，这段旅程，我自己也很开心的。”

“嗯，好！我还要向其他人道歉去。”

NK细胞和B细胞正在玩闹互捶，赛尔走了过去，大声说道：

“免疫系的两位战士，对不起！我都不知道，原来你们还会被自己过去丢脸的照片威胁，强制投入战斗！”

两个人立刻涨红了脸，扭过身去，小声嘀咕：“你……在说什么呀……”

“细胞君，你等等，不用理他们俩。”1146不知为什么制止了赛尔。

他把赛尔带到广场的一个角落上，低声说道：“不管怎么样，我们先去找这最后一只乳酸菌的归处吧。这小家伙绝对不能被别人发现。我先去和

NK细胞说几句话，之后就跟你一起出发，你在这里等我一下。”

“好。”

1146向NK细胞走去，赛尔扯着T恤领子朝里面看，恰巧和小黑圆溜溜的大眼睛对上了。

“就剩你一个了呢。”

“牛——”

“是不是孤单了？哈哈，不要担心，我肯定也会把你送到同伴身边去的。”

“牛！”

c. 大肠

1146和NK细胞说完话，示意赛尔一起出发。这一次，他们还是抄了近道，沿着昏暗的水渠向前走。

不知道为什么，两个人都没有说话。

（怎么回事？自从他们两个说完话，气氛就变得很紧张。他们……到底说了什么呢？）

赛尔心中充满了疑惑，跟在1146和NK细胞身后。一路沉闷，气氛越来越凝重，他实在受不了了。

“那、那个，我们还要走很久吗？”

“啊……很快就到了，你看。”

前方隐约可见一片光亮，不时传来水哗啦哗啦落在渠中的声响。

三人终于从狭窄的通道中走出来，视野一下子变得开阔起来。这里是另一片工厂区，像清洁工厂一般，高耸的烟囱不断吐出滚滚浓烟。

浓烟伴随着强烈的气味，是一股臭水沟味。赛尔下意识地捂住了鼻子。

“咳咳，很严重啊……”

“已经闹起来了。”

1146 与 NK 细胞都蹙紧眉头。

“是发生了什么不好的事吗？”赛尔问。

1146 解释道：“是的。这是栖息在大肠内的有害菌排出的毒气的气味。照目前的情况来看，很有可能是大肠内细菌的平衡遭到破坏，有害菌的势力占了上风。”

“有害菌？平衡？”

“大肠内的细菌，大致可以分成三类，一类是对人体有益的益生菌，一类是对人体不好的有害菌，剩下的是介于两者之间的中性菌。这些细菌加在一起，据说有几百兆个之多，其中一半以上都是中性菌。随着三者势力的变化，我们体内世界的健康情况也会发生改变。”

在益生菌与有害菌的战斗中，中性菌根据战况，分析可能获胜的一方并加入进去，而一旦战况逆转，它们会毫不犹豫地叛变，成为另一方的帮手。要说它们是狡猾的墙头草，确实是的，但从另一个方面来说，是因为它们本身能力弱，采取这种做法也只是为了生存下去。

“欸？原来体内有这么多细菌啊。”

赛尔凑近1146，以NK细胞听不见的音量小声说：“那么，小黑的同伴肯定也在这里呗？”

“嗯……你暂时可以先放心了。”

赛尔悄悄扯开T恤领子，对着里面的小黑说：

“小黑，我们来到了你们乳酸菌的大本营，这里有好多你的小伙伴哦，你可以放心了。我相信你肯定也能像其他三个一样，获得强大能力的！”

“牛！牛牛、牛——！”

小黑兴奋起来。

“跟你说了，不能激动！”

“嘘，NK 细胞很敏锐的，不要被她发现了。”

1146 提醒正兴奋的乳酸菌和赛尔。这时，从通往工厂群的道路拐角处，传来一阵洪亮的声音。

“所有人，排成一列！”

赛尔觉得这个声音似曾相识，而停下脚步的 NK 细胞脸上则露出了烦躁的表情。紧接着，一场战前动员演讲就传了过来：

“我曾经和那家伙面对面地战斗过，此次正是要活用这一经验，作为记忆 T 细胞赶往前线，制止那家伙的暴行！”

“记忆？”赛尔从没听说过这种细胞。

1146 解释道：“就是杀伤性 T 细胞们的指挥官，是从战斗经验极其丰富的人中挑选出来的。”

（啊，怪不得觉得熟悉呢，原来是那个杀伤性T细胞班长的声音，这次他成了指挥官。）

班长——不，指挥官大人的战前动员演讲还在继续。

“我知道你们一定会觉得寂寞，但是没有关系。就算我这次成了记忆T细胞，也不会忘记你们每一个人的。没有我的带领，你们能够英勇战斗吗？作为班长，我对此非常担心。但是，只有我才知道那家伙的所有手段，只有我才能带领大家向他发起高效的准确的进攻……

“我必须担负起我的使命！我不能保证，下次再见面我们一定都还活着，但是那又怎样呢？不管谁先走一步，都在地狱等等别人吧！”

只见NK细胞的脸色越来越难看，突然焦躁地冲了出去。1146赶紧追出去，赛尔也紧随其后。

太晚了……

NK细胞冲到记忆T细胞身后，突然伸出一脚，把他踹进了水里。

“你——挡——路——了！”

记忆T细胞从水里冒出脑袋，浑身上下都湿透了，大叫起来："我说，你、你这无缘无故的突然袭击……"

"哎呀呀，真是抱歉呢，我的脚滑了一下。"

NK细胞的脸上看不出半点歉意，反而从鼻子里哼出几声冷笑。

"NK——！！！"

记忆T细胞从水中蹿出来，挥舞拳头冲向NK细胞，1146赶紧插身进去制止。

（欸，为什么打起来了？）

NK细胞一口咬住记忆T细胞。

"混蛋！NK，你和我有什么仇……欸？"

记忆T细胞发现了紧跟在1146身后的赛尔。

"你不是那个和人鼻病毒搅在一起，戏弄我们的普通细胞吗？你为什么来这里？！这次不会是想和细菌们组团来干坏事吧？"

"没有、没有、没有、没有的事！"

赛尔忙把头甩得跟拨浪鼓似的。按照记忆T细胞的性格，他要是发现了小黑，绝对会二话不说立刻斩杀的。

接着，记忆T细胞转头又冲1146骂起来：

“所以，你这家伙又和普通细胞黏糊在一起喽！我跟你说，这样下去，早晚有一天你连细菌都下不去手！”

“怎、怎么可能？先别说这个了，我和NK细胞正准备战斗。我们的敌人和你们的估计是同一个，最坏的那个！”

NK细胞也点了点头。

“那个敌人，要让我上，一定能够阻止住——虽然再也没有比和你这家伙一起作战更烦人的事了。”

“你说什么？！”

赛尔意识到，NK细胞与记忆T细胞似乎是天生的对手，互相看不过眼。

趁着两个人争论的间隙，1146把赛尔带到隔了一个街口的地图指示牌下，对他说：

“细胞君，这里很危险，你带着乳酸菌去找个安全的地方躲起来。我和你，就在这里分开吧。”

“欸？这么……突然？”

“其实这是早就决定好的。”1146说道，“接下来，我必须回到战场，这是我的使命。出发前我和NK谈话，就是因为在这一带发现了新的敌人。”

“新的敌人……”

不管怎么消灭，不管打倒了多少，总是会有新的敌人出现。在这一刻，赛尔真正意识到了免疫细胞们工作的艰辛，心中觉得十分震撼。

“我没有办法一直陪你到最后，实在抱歉。你好好看地图，听我说。”

赛尔点了点头，1146用手指在地图上画出一条路线。

“沿着这条道走，在这里左拐，可以到达一个名为肠上皮的地方。你们在肠上皮，应该就能见到很多乳酸菌。等你把小乳酸菌送回去后，自己马上回家。这里很快会有一场声势浩大的战争，很危险。听懂了吗？”

“……好的。”

“那你就出发吧，路上一定要小心，注意周边情况。还有什么不明白的吗？”

赛尔摇了摇头，从T恤中取出小黑放在手掌上。他轻声告诉小黑就要和1146分别了，小黑睁着圆溜溜的眼睛，紧紧盯着1146。

“万事小心，会没事的。”

“嗯，谢谢你。”

1146转过身去，这时赛尔突然想起自己还有一件事想问。

“啊，等一下，白细胞君！”

他抓住1146的手，1146回过头来，看着他的眼睛。

“最后有一个问题，请你一定要回答我。白细胞君……你为什么要保护我们？”

1146脸上露出意外的表情，赛尔接着说：

“免疫细胞们为了守护这个世界，不管是细菌，还是被病毒感染的原本是同伴的细胞，都要绞杀掉，是这样吧？那么，你为什么愿意保护我们呢？”

“……为什么呢？”1146思索了一会儿，用欢快的声音回复道，“确实如你所说，绞杀是我的工作，但是……”

1146温柔地摸了摸小黑的头，脸上泛起一丝笑容。

“或许就是因为我一直在杀来杀去吧。”

说完，1146一边挥手，一边向后退去。

“再见！后面就交给你了，一定要把它送到啊！”

“嗯！”

赛尔站在原地，心中充满了感激，目送着1146不断奔跑远去的白色身影，他是那般高大啊。

小黑站在赛尔手掌上，“牛牛”地叫着，也向1146告别。

赛尔按照1146叮嘱的，带着小黑一起走到了肠上皮。这里有一个地方可以参观有益菌们的工作状态，他试着走了进去。

一路沿着指示标记往里走，看见路上排列着好几个粗粗的管道。赛尔对坐在自己手掌上的小黑说：“听说走到头，就能见到很多很多的有益菌哦。”

“牛——”

小黑忍不住四下张望起来。

唰唰唰唰唰，滴答滴答，唰唰唰，液体在管道中流淌的声音有节奏地传过来。

“……我们马上也要分开了。”

小黑抬起头看着赛尔：“牛——”

“虽然说路上遇到了很多吓人的事，但是玩得很开心呢。是吧，小黑？”

“牛！！”小黑用尽全身力气点了点头。

“……我，一直以来都是孤零零的一个人。将我复制生出来的细胞，在我出生后没多久，就被某种病毒感染，然后被免疫细胞杀死了。所以，我从来没有可以一起玩的同伴……很无聊……很没意思。”

小黑身上十分软弹，摸起来很舒服，赛尔忍不住又摸了摸。

“因此，能够遇见你们四个，然后像这样，在人体内展开食物行踪探寻之旅，真的好开心啊！”

赛尔笑了起来，小黑的眼睛也越来越亮。

“牛！牛——牛！！”

真的呢，好开心呢！赛尔似乎听到小黑这样说，不禁又笑了起来。

“哈哈哈哈哈哈。”

他们继续往前走，突然看到墙壁上有一扇门，上面写着“无关人员禁止入内”。门半开着，从里面传出几个焦灼的声音。

“不行了！肠上皮细胞，细菌的攻击越来越猛了，这里被攻破只是时间问题！”

“不要放弃，杯状细胞！”

（细菌的攻击？1146说的新敌人，难道就是这个？）

赛尔心中不安，探头去看。

这是一个类似机房的地方，细小的管道彼此交错，连着各种器械，随处可见仪表盘、操纵杆、把手等东西。看上去，它是用来监控管道中液体情况并进行实时调整的房间。

被称作肠上皮细胞的青年打扮得酷似潜水员，

身上穿着一件连体潜水服，背上背着一个呼吸用的罐子，脸上还戴了护目镜。

另一个被叫作杯状细胞的则全身裹在金属衫中，看上去像机器人一样，戴着防护头盔，看不清脸，不过从声音和体格来判断，应该是一个魁梧的男性。

“杯状细胞，你听我说。我们肠上皮细胞会用屏障拦住它们，屏障上种满了黏蛋白，没问题的！所以，你不要想别的，只要保证黏蛋白的无限供应就可以！”

“不，已经无能为力了！来不及了，肠上皮细胞！”

“不要放弃！”

赛尔看到地上摆满花盆，花盆上写着“黏蛋白　肠道屏障之苗”的字样，而两个人就站在这些花盆间争论。花盆里种着类似海藻的东西，歪歪扭扭，缠缠绕绕，表面附着黏黏糊糊、滑不溜秋的液体。

“好、好像是有什么麻烦事……”

赛尔小声地对小黑说，小黑“牛”了一声，似乎是在同意他的看法。

只见杯状细胞从房间尽头的另一处将花盆搬过来，然后肠上皮细胞把花盆送入管道的液体中。

（敌人是在管道里面吗……）

然而，杯状细胞浑身上下充斥着想要放弃的味道。

肠上皮细胞打开地上的舱门，抱着花盆利落地跳了下去。只听扑哧一声，溅起一阵水花，原来地下全是液体。

就在这时，从地面顺着墙壁往上，响起“咔嚓”一声，出现了几道裂缝。杯状细胞更慌了。

“啊啊啊，所以我才说，就算你现在赶过去也来不及了啊。”

杯状细胞冲着舱门对肠上皮细胞大喊。

“真的已经无能为力了，你快回来！”

噗，有液体从裂缝中渗了出来，而且裂缝越来越大了。

从通信对讲机中传来肠上皮的声音。

“杯状细胞，不要放弃！心要热，屏障要厚！这不是我们的信条吗？一定要坚持到最后！”

噗噗噗噗，从裂缝中不断涌出更多的液体，一处、两处、三处……整个房间就像被花洒浇灌的浴室，到处都是水花。

“可是，现在就是最后了啊！”

看着杯状细胞慌得像一只无头苍蝇，赛尔不及多想，冲进房间想要帮忙。很快，液体打湿了他的身体，他浑身湿答答的。这个液体看起来像矿泉水一样。

“那个，我、我有什么能帮忙的吗？”

赛尔话音刚落，在越来越强大的水压作用下，地板裂了。接着，墙壁也裂了。

喀喀喀，咚——，乓乓乓——！

液体喷涌而出，宛如滔天巨浪向人袭来。

“哇——！”

赛尔被裹进水里，不过这次他紧紧地抱住了小黑。紧接着，他撞到了道路一侧的墙壁上，最后扶起他的是被水流一起冲过来的肠上皮细胞。

两人站起身来，幸好水不深，只到腰腹部。

“你是普通细胞，没事吧？是来参观被卷进来的吗？”

“嗯，我没事。”

肠上皮细胞环视一圈。除了他俩之外，还有几个肠上皮细胞也被冲了过来，杯状细胞则哗啦哗啦分开水，向着黏蛋白培育室冲了过去。

帮了赛尔的那个肠上皮细胞看上去十分懊恼：“啊……好不容易才栽好的黏蛋白。”

“您说的那个，是什么啊？”赛尔抱紧小黑问道。

“这座墙名为‘肠管’，外面是一条巨大的水路，里面漂流着营养成分已被摄取完毕的食物残渣。我们负责监视水路中的情况，将水抽取到水管中以此来调节水量。

“一旦水路的墙壁被细菌们破坏掉，那么水就会涌到我们这边来，无法再通过水管来调节水量。水大量涌过来后，工厂里的工作也就无法正常开展了。

“为了避免发生这种情况，我们需要将名为黏蛋白的植物种在墙壁即肠管上，使它变得牢不可摧。”

黏蛋白是一种黏腻的液体，能够保护肠壁。其中大肠壁上分布最多，厚度达到 0.1 cm。这层黏蛋白同时是肠内益生菌们的居所，益生菌能分解细胞无法分解的物质。

在肠上皮细胞解释的过程中，墙壁进一步裂开。除水之外，一只又一只的细菌怪兽也从裂缝跑了进来。

“呵呵呵，这就是我们一直渴望到达的肠壁另一侧。”

“实际一看，也不过如此嘛，简直毫无审美可言。”

“不打紧，以后我们就把这里打造成属于我们的‘有害菌组’后花园。”

“建花园……那么就先把这些杂草一根不落地全部处理干净喽？”

细菌怪物有很多种类，看上去都怪模怪样的。

有些身体表面凹凸不平，有些长得滚圆，有些是瘦瘦长长的，有些身上长满尖刺，有红的、蓝的、黑的、白的……各种模样，各种颜色。

“噫……”赛尔下意识地屏住呼吸，抱紧小黑。

细菌怪兽们睨着赛尔和肠上皮细胞们。

“上啊！”

随着一声号令，怪兽们举着或似尖锐钩爪或似柔韧长鞭的触手，一起袭了上来。

“呀——，快跑啊！”

赛尔等人见状，撒开腿跑了起来。只是参观通道上也全都是水，跑起来十分困难。哗啦哗啦，他们溅起无数水花，敌人却紧追不舍，眼瞅着就要被抓住了。

“嘻嘻嘻嘻嘻。”

一只细菌怪兽亮出钩爪，狠狠扎进旁边的墙壁上。眨眼之间，墙壁出现裂缝，瀑布一样的水冲了进来，赛尔再次被水流狠狠地冲倒了。

“唔……”

他挣扎着好不容易从水中探出脑袋，爬到稍微

建花园……
就要先把这些杂草一根不落地全部处理干净喽？
嘿嘿……
上啊！
呀——
（嗒嗒）

高一点的地面上。然而……有大约十只怪兽正在守株待兔。赛尔抱紧小黑，做好被攻击的准备。

“怎么办？被围住了！”

“牛——”

“没、没事的，小黑。我……我会保护你。”

可惜，赛尔的腿软得根本不听他的指挥。他实在太害怕了，忍不住瑟瑟发抖起来。

“哟呵，你这个小细胞，说要保护乳酸菌啊？”

“真是很有意思的发言呢，产气荚膜梭菌？”

“是呢，很有意思，致病性大肠菌。”

被叫作致病性大肠菌的怪兽嘿嘿一笑。

“怎么样，那就让我们来试试，看你到底能不能守护住吧。不知道你受不受得了这个呢？”

怪兽的触手前端像花朵一样绽开，从中喷射出一股带着恶臭的液体。

赛尔赶紧后退，可是溅射在地上的液体还是汇聚到他的脚边。裤管和鞋子都被融化了，他感到一股钻心的热烫和疼痛。

“啊！”

“呜呜呜呜呜，是有害菌的毒素攻击。”

“唔，啊啊啊，脚……我的脚……”

“牛——！牛——！”

小黑担心地叫了起来。

（白细胞君，救救我……不！不行！敌人这么多，白细胞君此刻肯定也在某个地方战斗。我，必须自己守护好小黑。）

赛尔的脚已经通红一片，肿了起来，痛得甚至无法再行走。他忍不住蹲了下来，冷汗和泪水一齐涌了出来。

“痛，好痛啊……真的好痛啊……”

“怎么，这么快就不行了呀？”

“哎呀，让我们好好乐一乐嘛，小细胞。”

细菌怪兽们一边嘿嘿冷笑着，一边围了过来，包围圈越缩越小。

“我们会用各种手段招待你的，你可要好好表现给我们看哦。”

“好不容易来到肠壁的这一侧，却比想象中要无聊很多，我们可是很失望呢。”

“让我们这么失望，那就由你来承担后果吧。”

赛尔咬紧后槽牙，心中翻涌着不甘、悲哀和痛苦的情绪。眼泪就要涌出来了，他拼命忍住。

“呜呜呜呜……”

（……白细胞君……）

——“要好好守护它！”

（我果然不行啊，对不起……）

滚烫的泪珠终于还是落了下来，砸在小黑的脸上。

“牛……”

小黑抬头看着赛尔，又转过头去狠狠瞪着细菌怪兽。

“牛——，牛——！！”

小黑从赛尔的怀中跳了出来，“啪”的一声，用前肢用力地打在致病性大肠菌身上。可是，它轻易地就被打回来，小小的身体飞了出去。

“牛——”

“什么攻击啊，你是在玩过家家吗？”

“啊！小黑！”

尽管脚很疼，赛尔还是挣扎着起身去接从空中落下的小黑。可是，他没能接住，小黑扑通一声掉进了水坑中。

“小黑——”

赛尔被疼痛折磨得动都动不了，摔在地上。

“牛……牛！”

小黑浮出水面，眼睛被愤怒点亮了。

“牛！！牛牛——！！”

小黑咆哮着，细菌怪兽们却是笑了开来，嘲讽道：

“切，小矮子益生菌。明明是细菌，却跟细胞们为伍。”

“你要敢反抗，我就捻死你！”

“小……黑……快跑……”

“牛？！”

小黑担心赛尔，想要从水里冲出来。

其中一只细菌怪兽见状，走到倒在地上的赛尔身边，用触手狠狠按着他的背：

“你很吵哟。”

“牛！牛！”

小黑挣扎着想要冲过去，赛尔竭力喊道：

“不准过来，小黑！你快逃，逃得远远的！”

“牛。”

小黑吃惊地停下脚步。

“别管我！你快逃，快点！”

“牛……牛、牛——牛——！！牛——”

小黑拼命大叫，似乎在说“不要，我做不到”，前肢也不停地左右摆动。

细菌怪兽们似乎看到了什么好戏，咧着嘴一步步靠近小黑。

“你个傻子，跟你说了，快点逃啊！”

赛尔随手抓起一个碎片，竭力反抗着背上的压制，直起上半身向小黑扔过去。

“快走——！”

“牛。”

小黑吓了一跳，下意识往后退，又掉回水坑里。它从水面探出脑袋，悲伤地叫着。

“牛……牛……”

“快走！你快走！！快走啊！！！”

赛尔一边哭着，一边继续抓起碎片向小黑扔过去。扑通，扑通，碎片不断掉在小黑身边，溅起一片水花。

“牛……”

小黑大大的眼睛里涌出滚烫的泪水，又叫了一声。

“牛——！”

它似乎在说“对不起”，之后，就以无比迅捷的动作钻进水里游远了。赛尔记得第一次遇见四小只的时候，它们都还不会游泳，差点淹死，现在却已经强壮了许多。

（小黑……）

赛尔崩溃地痛哭起来。

“哼，真是无聊的闹剧！”

“啪”的一声，细菌怪兽又用触手压住赛尔。

（对不起啊，小黑……让你以这么悲伤的方式和我告别……但是，没关系。只要你还能活着，我、我就……你一定要努力，变成一个强壮的优秀的乳酸菌啊。）

“准备好了吗？”

“我们要第一个吃掉你哦！”

“先用毒毒得你死去活来，再融化掉你。”

赛尔恍惚着：“今天我就要迎来自己的死期了。”

（或许……或许……生我出来的那个细菌，当时……也是这种心情吧。）

眼泪怎么都止不住。下一秒，赛尔只觉得自己的身体被怪兽的触手卷了起来。一点点，一点点，触手不断收紧。

“我要死了。”赛尔紧紧地闭上眼睛。

“呜哇——！”

细菌怪兽突然爆发出一声惨叫，触手骤然松开。

欸？赛尔睁开了眼睛。

叮咚——

“让你久等了，细胞君！”

一双白色战靴闯进赛尔的视野。

“白细胞君！”

他抬起头，看到穿着白色战斗服、戴着白色帽子，手上正拿着出鞘大刀的中性粒细胞 4989，另外还有 2048 等五六名中性粒细胞战友。

“不好意思，1146 实在抽不出空，就让我过来照看你。”

（原来，我不是一个人……）

“哼，你们这些杂碎！大肠里驻扎着人体内最大的免疫军团，你们竟敢在这里捣乱，胆子很大嘛！”

“受死吧，看招！”

白细胞战士们一个个摆起架势，锋利的刀刃闪闪发光。光是被这群热血沸腾的战士盯着，细菌怪物就不敢再嚣张，有一半甚至呜咽起来。

“怎、怎么办啊，有害菌大人！”

“慌什么慌啊，真丢脸！”

（欸？这群细菌怪物里，原来也分厉害的头头和不厉害的小喽啰。啊，之前听他们说什么“有害菌组”来着……）

趁着细菌怪兽们骚乱的空隙，4989 一刀斩断

（叮咚）
ピンポーン
在人体内最大免疫军团面前捣乱，胆子很大嘛!!
受死吧，看招!!

怪兽触手，将赛尔解救了出来。

“都给老子闭嘴！我们人数众多，怕什么！”

被叫作气荚膜梭菌的有害菌狞笑起来，看上去十分不好惹。随着这句话，有一只巨大的细菌怪兽砸破墙壁，出现在众人面前。

“欸欸欸……？”

赛尔不禁发起抖来。

这个怪兽实在太大了，仔细一看，原来是由成千上万只细菌怪兽合体组成的，以前曾被白细胞们揍得昏头昏脑的金黄色葡萄球菌似乎是其领袖。

白细胞战士们见状，也不安起来。

“怎、怎么还有这样的？”

气荚膜梭菌朗声说道：“这些数量惊人的中性细菌，都是我这边的。数量！就是力量的象征！靠数量取胜，正是我们细菌界的最大美学。哈哈哈哈哈哈！”

呃……白细胞战士们不知道该说什么才好了。

咚——咚——咚——

又是一阵地动山摇。

“哈哈哈……哈？”

庞然怪兽身后突然出现了一个更大的影子。细菌怪兽们的狞笑不由得拐了个调，心下一慌，忙转过头去看。

“啊啊啊啊啊啊？！”

“牛——！”

只见已经活化的大乳酸菌们一只又一只，源源不断地从后面靠了过来，毫不留情地挤压着巨大的细菌怪兽。这些乳酸菌又分很多种类，其中大部分长得都和小黑很像，此外还有小白的同类、斑斑的同类、褐褐的同类，以及赛尔见都没见过的种类。

“益、益生菌组？！”

砰！咔哒咔哒咔哒，砰砰砰！

益生菌组的成员们一脚踢倒大怪兽，打得它节节败退，四散纷逃。

战场上的形势，立刻扭转了。

有几只有害菌组的细菌怪兽好不容易才在益生菌的攻击下挣得一条命，正打算抽空逃跑，却被发现后追着打，直逃到肠壁边上。

气荚膜梭菌喘着气叫嚣道："呼呼呼……才、才这么点益生菌，就想逆转战况？中、中性细菌，你们在干什么！赶紧给我把这些益生菌消——"

话音未落，站在它身旁的一个中性细菌飞起一脚，把它踹翻在地，还跟上去狠狠补了几下。

"吧啦吧啦吵死了！时代已经变了，接下来是益生菌的天下！是美与健康的细菌国民大融合时代！"

"说得对，说得对！"

"你好我好大家好，让我们愉快相处吧。"

中性细菌纷纷靠近益生菌组，就这样加入进去。

呆立在一边的白细胞战士们轻轻地笑了。

"那么，接下来就让我们来绞杀这些不法侵入者吧！"

锋利的刀刃闪烁着耀眼光芒，讨伐有害菌的战斗开始了。

一个长得像小白的大益生菌走到赛尔身边，用前肢轻柔地摸了摸他的头。

“牛——”

它似乎在说，不要哭。很快，赛尔就意识到，它不是像小白，而是已经活化完成的小白。斑斑和褐褐也一样，变得更大了。三大只都靠了过来。

“欸……我没事。你们……都长得好大啊！”

斑斑的前肢还抱着小黑。

“牛，牛，牛。”

“原来如此，原来是小黑把同伴们叫过来的。谢谢你们啊，谢谢你们来救我。”

“牛！”

益生菌组的成员们都聚集到被大怪兽砸坏的墙壁前。小黑的同类们捡起被冲走的黏蛋白，重新种到墙壁上去。

“哇呜，它们好厉害，修得好快。乳酸菌真的好厉害。”

赛尔佩服极了。这时，一个脚步声靠了过来。

“太好了，细胞君，你平安无事。”

此刻拍在赛尔肩上的，正是1146。

“白细胞君！”

“我也没事，工作总算告一个段落了。”

正盯着两个人看的小黑，身上突然啪的一下亮了起来。

“牛牛牛——！”

小黑完成了活化，也变成头上长着两只角的大乳酸菌。它突然出手抱住赛尔和 1146，跳进了水里。

“唔……”

咕嘟咕嘟咕嘟，是水流的声音。

赛尔和 1146 在大肠的水里与小黑一起尽情游泳。水很温暖，慢慢地，赛尔脚上的疼痛也消失了。

赛尔忐忑地睁开眼睛，看到了一个异常绚丽的世界。

只见五颜六色的黏蛋白上，各种颜色、各种形状的益生菌们正在建造一间间房子。水里的益生菌们则成群结队地在游泳。

它们的数量是如此之多，一直延绵到极远处。

无数色彩鲜艳的益生菌们聚在一起，仿佛水里种着一大片花田。

（原来，这就是你们生活的世界啊。）

小黑让赛尔和1146欣赏了水里的景色，把他们托回到水面上换气，接着又带着他们潜回水里。

小白、斑斑和褐褐也跟着跳了下来，与他们一起游泳嬉戏。

赛尔在茂密的黏蛋白森林里，看见了各种各样美丽的花田，每一片都是那么美丽，那么富饶。

就这样玩了一段时间，四大只把赛尔和1146带回到原来的道路上。

“哎呀，成了落汤细胞呢。”

1146轻笑道。

“好好看啊，就像花圃一般。”

“据说那些叫肠内菌群，我也是第一次见到。黏蛋白森林越茂密，肠壁就越坚固，驻扎其中的益生菌就越多，能更好地保护这个世界免遭敌人的攻击。”

赛尔和1146相视一笑。

“细胞君，你做得很好，是你保护了它们。”

是吗？
原来……
这就是你们
生活的世界啊……！

“……嗯。”

赛尔不好意思地笑了。

“牛牛！！牛牛！！”

小白、小黑、褐褐和斑斑用力挥舞前肢与他们道别，接着钻进水里不见了。赛尔也使劲地挥手。

“再见了……我的乳酸菌们！”

那之后不久，在体内巡逻的1146与红细胞AE3803偶然遇见了。

“啊，白细胞先生！您辛苦了！”

“你好啊，红细胞。”

3803干劲十足地汇报道：“我刚刚有个工作，是给细胞们配送便当。转了好大一圈，非常顺利地回来了呢。”

“是吗？”

“然后我跟你说哦，我路过了一间很诡异的房子。里面住的应该是普通细胞，可是房门坏了，我按了门铃也没见人出来。我在想，他或许是碰到了什么麻烦事呢。”

一听到麻烦事，1146 立刻急起来。

“欸？！”

“我们前段时间不是一起在杀伤性 T 细胞的驻军基地上打羽毛球了吗，就在那边上，位于喉咙附近的小区。”

“……嗯？”

一起打羽毛球的驻军基地边上，房门坏掉的房子。

难道是——

赛尔买了一双新鞋穿上，匆匆赶回自己家。他看到那扇被 1146 一脚踹坏的房门上用心形花纹的胶布贴了一张便签纸；

因为您不在家，之后再登门拜访，协商房门维修一事。——血小板敬上

便签纸上还贴了一张很可爱的花形贴纸。

房门下则压着好几张通知单，赛尔拿起其中一张仔细看：

我来送氧气和便当，因为您不在家，就先带回

去了。下次的配送时间为明天一早。——红细胞AE3803。

赛尔的肚子咕咕地叫了起来，好饿。仔细一想，他已经好久没吃东西了，路上还经历了这样的大冒险——不，应该说，正是因为经历了这样的大冒险，才什么都没吃……

无论如何，现在的事实是，他饿了。

“……唉，今天没饭吃喽。”

赛尔弓着背，瘫坐在公共走廊上，好半天都起不来。

工作细胞们的故事，每一天都在继续。

只要这个世界存在着，他们的工作就永远不会结束。

参考书一览表

《传染病辞典》 日本国立传染病研究所学友会编

《病毒与传染病的结构（最新版）》 生田哲著

《病毒·细菌图鉴》 北里英郎、原和矢、中村正树著

《看图了解食物中毒》 伊藤武、西岛基弘著

《不可思议的寄生虫》 目黑寄生虫馆 + 相关研究人士著

《免疫学基础辞典（彩图版）》 铃木隆二著

《人体百科辞典》 坂井建雄、五十岚隆、丸井英二编

《自然科学工厂：人体纪行·第四卷　跟着DVD了解人体（病毒·病原菌）》 竹内修二主编

《你身上也养着幽门螺旋杆菌！》 古贺泰裕著

《让身体更有活力的乳酸菌摄取方法》 阿久泽良造主编

《健康检查之后自我改善尿酸》 藤森新著

《尿酸值太高了（痛风）》 堀三郎著

《尿道结石治疗（图解）》 伊藤晴夫著

《免疫机制与疑难病症的治疗》 Newton 别册

《提高免疫力的科学（新版）》 藤田纮一郎著

《变瘦！变年轻！预防疾病！关于肠道菌群的十大真相》 NHK 特别采访组著